não FOI POR ACASO

Com amor,

NA
CIO
NAL

VINÍCIUS GROSSOS

não FOI POR ACASO

Diretor-presidente:
Jorge Yunes
Gerente editorial:
Luiza Del Monaco
Editor:
Ricardo Lelis
Assistente editorial:
Júlia Braga Tourinho
Suporte editorial:
Juliana Bojczuk
Preparação:
Sofia Soter
Revisão:
Augusto Iriarte e Clara Alves
Coordenadora de arte:
Juliana Ida
Designer:
Valquiria Palma
Assistentes de arte:
Daniel Mascellani e Vitor Castrillo
Diagramação:
Marcos Gubiotti
Projeto de capa:
Ohannah Estúdio
Ilustração de capa:
Limão
Gerente de marketing
Carolina Della Nina
Analista de marketing:
Michelle Henriques
Assistente de marketing:
Heila Lima

1ª edição – São Paulo

NACIONAL

EDITORA AFILIADA

DADOS INTERNACIONAIS DE CATALOGAÇÃO NA PUBLICAÇÃO (CIP) DE ACORDO COM ISBD

G878n Grossos, Vinicius
Não foi por acaso / Vinicius Grossos. - São Paulo, SP : Editora Nacional, 2021.
192 p.; 14cm x 21cm.

ISBN: 978-65-5881-040-7
ISBN: 978-65-5881-060-5 (pré-venda)

1. Literatura brasileira. I. Título.

2021-2612 CDD 869.8992
CDU 821.134.3(81)

ELABORADO POR VAGNER RODOLFO DA SILVA - CRB-8/9410
Índice para catálogo sistemático:
1. Literatura brasileira 869.8992
2. Literatura brasileira 821.134.3(81)

Rua Gomes de Carvalho, 1306 – 4º andar – Vila Olímpia
São Paulo – SP – 04547-005 – Brasil – Tel.: (11) 2799-7799
editoranacional.com.br – atendimento@grupoibep.com.br

Para a minha avó, Lacir, e para todos que perderam alguém nesta pandemia. Vó, este será o primeiro livro que você não pegará em mãos, mas você sempre estará comigo, no meu coração, aonde quer que eu vá. Te amo.

Carta ao leitor

Por muito tempo, desde que comecei a escrever, desde que assumi esse papel para mim, tenho contado em meus livros quase um diário da minha vida. Minhas experiências, meus sonhos, traumas e aprendizados foram colocados em páginas, que viraram livros, e que chegaram nas suas mãos.

Por sorte, vocês gostaram do que eu escrevi. Por isso, ainda estou aqui.

Quando comecei este livro, no final de 2019, antes da pandemia que nos revirou de dentro para fora, percebi que estava criando uma história sobre isolamento. E, além disso: uma história sobre se encontrar em meio à solidão. Quase uma premonição. Eu só não tinha certeza ainda se valeria a pena contá-la. Eu sempre me pego nestas reflexões antes de efetivamente começar a escrever.

Até que recebi um sinal (do destino?) de que talvez eu estivesse no caminho certo quando, assistindo à última entrevista de Clarice Lispector, dada ao programa Panorama para a TV Cultura em 1977, a autora disse: "O adulto é triste e solitário". Esta frase permeou minha mente e meus sonhos por semanas e foi o mote para o que viria a seguir.

Não acredito que sejamos tristes e solitários o tempo todo; há muita alegria espalhada por aí. Mas, conforme entrei na vida adulta, fui entendendo a profundidade das palavras de Clarice. Passamos a enxergar o mundo por uma ótica diferente de quando somos adolescentes e crianças. Há mais realidade, organização e trabalho duro do que sonhos e ilusões.

Durante o planejamento da história e dos primeiros rascunhos, minha maior dificuldade foi encontrar os personagens que embalariam estas páginas. Mudei algumas boas vezes. Vários personagens foram cortados, modificados, transformados, porque eu estava em uma busca obsessiva por jovens universais, com problemas reais, identificáveis. Até que percebi a loucura em que eu estava me metendo. Somos tão plurais. Temos tantas versões de nós mesmos. Não tinha como representar todo mundo. Mas algo que estava na minha cara e se mostrou graciosamente foi: nossa geração é empática. A gente aprendeu o que significa se colocar no lugar do outro, na dor do outro, e isso era o que eu mais precisava para este livro. Aí, chegamos em Miguel, Fernando e Helena. Isso tudo porque, pela primeira vez, eu não queria escrever sobre o meu mundo. Eu queria escrever sobre **você**.

Queria escrever sobre o sentimento de solidão que você sente. Queria escrever sobre as palavras ditas e não ditas que ainda doem. Queria escrever sobre a sua relação com a pessoa que te criou. Queria escrever sobre as coisas que você ama e que, talvez, tenha deixado para trás. Queria escrever sobre a descoberta do amor-próprio.

Eu acredito no destino, no seu poder e influência. Por isso creio que, um dia, lá em 2014, o motivo de eu ter ficado mais de uma hora preso em um elevador com pessoas desconhecidas tenha sido para chegar até aqui, neste momento, nesta história. Isso é tudo o que tem de mim nas páginas que virão a seguir.

Um dia, meus livros foram sobre mim. Hoje, este livro é sobre você. Para você.

Agora dou meu tchauzinho, porque o Destino quer falar. Então, fique bem, se cuide e até uma próxima.

Com amor,
Vini

Antes de qualquer coisa, queria deixar bem claro que este livro foi parar nas suas mãos porque *eu* fiz isso acontecer.

Uma breve apresentação

Tudo aconteceu tintim por tintim como eu vou contar, não vou esconder nada. Mas aposto que, se você conversar com os personagens, eles dirão que foi por acaso. *Por acaso*, acredita? Depois de tanta dedicação! De tanta entrega! Por acaso, uma ova!

Na maioria das vezes, as coisas acontecem - como você sabe e *eu* sei muito bem - por causa de *alguém*. Pode até ser que, por estar muito próximo dos acontecimentos, você não enxergue direito as causas ou os fios emaranhados que levam de uma coisa à outra, mas eles estão lá. Eles existem.

Causa e efeito.

Apenas isso.

Para falar a verdade, me culpar é mais simples do que assumir erros ou entender que tudo pode ser explicado pela lógica.

Vejam o clássico caso do garanhão de vinte e poucos anos que traiu a namorada porque encontrou a ex no barzinho que costumavam frequentar quando ainda estavam juntos.

— Me perdoa por ter sido um babaca? É que meu ascendente e minha lua me tornam uma pessoa assim e blá-blá-blá. Eu não marquei de encontrá-la. Juro. Foi o destino!

Men-ti-ra.

Astrologia e babaquice são ciências diferentes - não confie em quem usa signo como justificativa.

Por que, com tantos bares na cidade, o queridão foi justamente no que frequentava com a ex? Será que a batida de lá era mais gostosa? Tire *você* as suas próprias conclusões.

O ser humano adora passar a batata quente para os outros; afinal, é mais fácil olhar para o céu e xingar Mercúrio retrógrado ou Vênus em sei lá o quê do que se olhar no espelho e admitir que é um emaranhado de defeitos, tentativas e erros.

Mas vamos seguir... Não tenho mais idade, nem paciência, para ficar nesse joguinho de esfregar obviedades na cara dos outros.

Aceito assumir a culpa pelos seus problemas e pelos seus erros. Não tenho nem como me defender! Mas só aceito porque levo os louros quando, por acaso, você tropeça no pé do amor da sua vida ou acha na rua uma nota de cinquenta reais para pagar aquele boleto prestes a vencer.

Nesses momentos, que palavra você usa?

O meu nome: *Destino*.

Inclusive, muito prazer.

Já te conheço, é claro. Sei o seu nome, sobrenome, CPF e as besteiras que você fez quando ninguém estava olhando. Sorte sua que não sou fofoqueiro.

Está com medo? Aí, tá vendo?! Já está achando que tudo gira em torno de você de novo. Calma! Esta história não é sobre você. Ainda.

1. eram três...

Eram três. Dentro de si, carregavam todos os sonhos do mundo e também a imensa angústia característica da jornada que é crescer. Sentiam muito. Sentiam tudo. E, naquele mar de sentimentos, se afundavam em um abismo de dúvidas: quem eram? O que buscavam? Quem se tornariam?

Não era por falta de sinais. Tentei chamar a atenção deles muitas e muitas vezes, mas preferiram me ignorar. Vocês sempre me ignoram. Assim, fui obrigado a mexer meus pauzinhos.

Aproximadamente às três da tarde, Helena Martins, perdida em seu labirinto de urgências, saiu apressada do táxi e mal se despediu do motorista.

Com toda certeza, se o fio do carregador do seu celular não tivesse rompido naquela madrugada ou se, ao acordar, tivesse percebido o aparelho sem bateria, ela teria recebido uma ligação que a faria chegar àquele lugar antes do tempo. Se a chuva da madrugada não tivesse derrubado os fios do telefone do colégio em que estudava, muito provavelmente a secretária teria recebido a chamada que resultaria em Helena aparecendo ali antes da hora. Se ela não tivesse decidido ir a pé para casa, triplicando o tempo do trajeto que faria de metrô, para poder comprar um carregador novo, se não tivesse deixado o aparelho ainda desligado conectado ao carregador novo enquanto esquentava as sobras da janta da noite anterior, ela teria chegado antes também.

Isso tudo, é claro, foi um empurrãozinho meu, para que ela chegasse na hora certa de as coisas acontecerem.

Ao pisar no asfalto, foi recebida por uma brisa gelada que bagunçou seu cabelo e a fez olhar para cima. No céu, encontrou um clima estranho, cambaleante, à espera de alguma coisa. Poucos minutos antes, a chuva tinha caído e parado, e o céu parecia na dúvida se continuaria o trabalho.

Helena balançou a cabeça para afastar a sensação de estar sendo observada e, sem olhar para os lados, atravessou as amplas portas de vidro temperado do Hospital Maria Padilha.

Os passos firmes disfarçavam a canção que a culpa lhe cantarolava desde que ela recebera a ligação do pai avisando sobre o acontecido minutos atrás. À beira do desespero, apoiou as mãos trêmulas sobre o balcão, forneceu os documentos quando solicitada e pegou o crachá. Visitante de Magali Martins. Sua mãe.

Mal conseguindo respirar, correu até o banheiro, empurrou a porta da primeira divisória e desabou sobre os joelhos, com o estômago embrulhado em bile. Sem nada para vomitar, levantou-se e foi até o espelho, lavou o rosto e secou a pele com o papel áspero.

Encarou o reflexo no espelho. Havia tanta coisa ali, silenciosa, entre as rugas de preocupação abaixo dos olhos.

Após ajeitar a mochila nas costas, puxou a porta e, para conter a ansiedade, tentou controlar a respiração contando os segundos da caminhada até o elevador: sessenta e cinco.

Do lado de fora do hospital, Fernando Santana parou o carro esportivo do pai e entregou as chaves ao manobrista, que conhecia havia anos. O homem o cumprimentou com um sorriso, e Fernando, sério, já caminhando, acenou com a cabeça.

A falta de notícias sobre Nádia pesava em sua consciência, fazendo-o esquecer de pegar o casaco que havia deixado no banco de trás.

Se ele e Nádia não tivessem brigado na noite anterior, muito provavelmente estariam embaixo dos lençóis naquele dia chuvoso. Ele não teria passado a noite em claro, remoendo as palavras dela, e não teria saído para correr para silenciar sua mente inquieta. Se não estivesse na rua, deslizando pelo asfalto, longe do aparelho celular, já teria chegado ali antes.

Fernando pegou o tíquete do estacionamento e tremeu ao sentir a brisa gelada lamber sua pele de um jeito que ele, carregado de culpa, entendeu quase como uma premonição. Pensou ter ouvido uma risada e olhou ao redor, mas não havia ninguém. A não ser eu, é claro. Arrastou-se até o balcão da recepção, onde apresentou o crachá. Foi até o bebedouro, encheu um copo com água gelada e o virou de uma vez na boca. Entre jogá-lo no lixo, conferir o celular em busca de alguma mensagem de Nádia e caminhar até os elevadores, sessenta e cinco segundos.

Não distante do hospital, Miguel Souza, que saíra apressado do café onde trabalhava, só reparou que ainda estava de avental quando descia do ônibus. O vento gelado desgarrou seu avental, que planou como uma pipa por alguns metros. Ele praguejou, sentindo-se num programa de pegadinhas, mas não havia nenhuma câmera. O olhar que sentia sobre si era o *meu*. Para espantar a sensação estranha, respirou fundo, fez um sinal da cruz, atravessou a rua e então as portas do hospital.

Mais cedo havia perdido seu ônibus. Carla, a amiga do trabalho, que nunca se atrasava, chegou dez minutos depois da hora, o que o fez sair mais tarde do café. Xingando a tudo e a todos, na metade do caminho percebeu que havia esquecido o fone de ouvido e, com medo de não encontrá-lo mais, voltou para buscar. Caso não tivesse perdido tempo com isso, também estaria onde deveria na hora errada.

Na recepção, cumpriu as formalidades. Com o crachá em uma mão e o avental na outra, surpreendeu-se ao ver Juliana, a enfermeira loira que se tornara sua conhecida e acabara de aparecer no corredor. Entre a corrida até ela, a falta de notícias sobre tia Lourdes, a frustração e a caminhada até o elevador, sessenta e cinco segundos.

Precisamente às três da tarde, início do horário de visitas, Helena, Fernando e Miguel se encontravam no hall e foram saudados por uma estranha brisa gelada, que cessou no exato momento em que o elevador do meio, o terceiro de cinco, chegou antes que algum deles houvesse pressionado o botão para chamá-lo.

Blindados pela pressa, os três entraram sem pensar duas vezes - afinal, um ar-condicionado defeituoso e um elevador pré-programado eram explicações mais racionais do que meus dedos acionando as engrenagens que regiam seus destinos.

Se eu não fosse quem sou, não teria desconfiado também.

Helena apertou o número oito. Miguel, o sete. Fernando, que estava encostado num canto e encarava fixamente o mostrador acima da porta, já tinha pressionado o onze. Sete... Oito... Onze. A luz vermelha de cada botão anunciava silenciosamente a batalha de cada um - naquele momento de medo e caos, o silêncio era o único espaço confortável e possível.

Juro que, na maioria das vezes, tento ser legal e ensinar da maneira menos complicada e traumática, mas o problema é: o ser humano parece *gostar* de sofrer. Além de ignorar meus sinais, vocês, que são *insuportavelmente* teimosos, têm a péssima tendência de escolher o caminho mais torto e difícil. E é nessas horas, meus queridos, que o meu show começa. É a minha hora de brilhar.

Entre o quinto e o sexto andar, um tranco violento.

— Que merda é essa? — esbravejou Fernando, mirando as luzes do teto, que pareciam um pisca-pisca de Natal.

— Ai, meu Deus, ai, meu Deus, ai, meu Deus... — murmurou Helena, encostando-se no vidro frio do espelho em busca de um apoio estável, já abraçada pela vertigem.

Calmo, Miguel se aproximou do painel, tirou o fone do gancho e o levou à orelha. O funcionário atendeu ao terceiro toque. Sem paciência, Fernando se aproximou para tentar ouvir. Com as pernas moles e o coração encharcado de medo, Helena escorregou até o chão.

— Oi, boa tarde — disse Miguel, tentando ser o mais educado possível. — Escuta, o elevador parou... Não. Não se move. Isso. O número do elevador? Ao lado do painel? Três, número três. Quantas pessoas? Eu e mais duas. — Silêncio. — Ah. E qual é a previsão de conserto? — Levou a mão aos cabelos cacheados e encostou-se na parede metálica. — Hmm... Ok. Então, nos mantenha informados, por favor. Beleza.

— E aí? — A garganta de Fernando estava seca, como se os dois litros de água que tinha tomado naquele dia fossem de água do mar.

— Tivemos a sorte de entrar no elevador segundos antes de ele decidir parar de funcionar. Não sabem exatamente o que aconteceu, mas disseram que esse foi o único que deu defeito e já estão em contato com a empresa responsável. E disseram também que, por enquanto, não temos como sair. — Miguel olhou para os dois desconhecidos presos com ele. — Mandaram a gente esperar.

— Que ótimo! — rosnou Fernando, sarcástico. — Como um elevador tecnológico como este para de funcionar assim do nada? Só pode ser brincadeira!

Ops, gente! Eu sou brincalhão assim mesmo...

Helena levou as duas mãos à cabeça, desesperada, sentindo as ondas de ansiedade percorrerem o corpo como um veneno. Tentou respirar fundo e, de canto de olho, viu Fernando socar os botões do painel na vã esperança de que alguma mágica abrisse a porta. Crianças, lembrem-se: Nárnia é ficção. *Eu sou real.*

— Não tem muito o que fazer, amores — disse Miguel. — Vamos ter que esperar. — Sentou no chão e olhou para Helena, catatônica, e para Fernando, que andava de um lado para o outro. — Se acalma, você vai ficar tonto assim. Certeza que daqui a pouco vem alguém tirar a gent...

— Mano, cala a boca! Nem te conheço. Vou é mandar mensagem pros meus pais. Eles conhecem todo mundo aqui e vão resolver essa parada.

Fernando tirou o celular do bolso da calça jeans e ligou para a mãe, que trabalhara no hospital até se aposentar. Quando não ouviu o sinal da chamada, observou o aparelho por alguns segundos, levantou-o em várias direções e, depois, fechou os dedos sobre ele como se quisesse esmagá-lo. As veias de seus braços pulsavam por baixo da pele negra.

— Que merda. Tá sem sinal. Alguém tem?

Ah, os jovens e seus smartphones. Todo o conhecimento do mundo na palma da mão. Confesso que me divirto quando esses aparelhos falham, porque é como se vocês não soubessem fazer nada sem eles. Tive uma parcela de culpa nisso? Fica a seu critério. Mas pense como é triste que vocês, humanos, tenham esquecido que são completos mesmo sem o celular.

— Sem sinal — respondeu Helena, mordendo os lábios e enfiando o celular de volta na mochila, que colocou ao seu lado.

O gosto salgado das lágrimas retornou à boca dela, o mesmo gosto que sentira durante a ligação do pai.

— Nada — disse Miguel, desviando o olhar do celular e procurando o dos dois. — Por que vocês não se acalmam? Sério mesmo... Logo vão resolver o problema do elevador. A propósito...

Ele abriu um sorriso e estendeu a mão calmamente para Helena, porque percebeu que ela estava prestes a cair no precipício de uma crise de ansiedade.

— Me chamo Miguel — disse, com a mão estendida, esperando que ela entendesse que ele queria ajudar. — E você? Qual o seu nome?

Helena tentou fixar o olhar em um ponto qualquer para acalmar a cabeça, que era um redemoinho de pensamentos não muito bons, mas seu cérebro, de braços cruzados, riu ironicamente em resposta.

— Vai flertar na porra do elevador agora? — perguntou Fernando, pássaro preso na gaiola, que ainda se debatia, andando de um lado para o outro.

— Acho que você tá tendo uma crise de ansiedade — falou Miguel, com a intenção de que Fernando ouvisse, enquanto engatinhava até Helena. — Já fiquei com um menino que sofria muito com isso, então aprendi a identificar os sinais.

Ele sentou-se ao lado dela e, observando como suas mãos tremiam, falou com a voz muito calma:

— Olha, faz assim: fecha os olhos e se concentra na respiração. Respira fundo pelo nariz e solta pela boca.

Para demonstrar, respirou da forma como havia descrito. Depois, sorriu para ela e continuou:

— Isso. Bem fundo.

Abaixou-se um pouco para olhá-la melhor.

— Continua. Sente o ar entrando.

Inspirou.

— E saindo...

Helena expirou profundamente, junto com Miguel. Dentro dela, o polvo da ansiedade jorrava uma tinta preta que enuviava seus sentidos e enrolava lentamente os músculos de seu corpo em seus tentáculos firmes.

— Isso. Continua assim — sussurrou Miguel, seu olhar pousado nas mãos de Helena, que já tremiam bem menos. — Muito bem... Você tá indo muito bem!

Por um momento, ninguém falou nada. Os dois homens apenas observaram Helena, que, para eles, parecia uma bomba-relógio.

— Err... Tô melhor. — A voz de Helena saiu tropeçando, baixa demais, porém audível. — Obrigada. Mesmo.

Ela apertou as laterais da cabeça, respirou fundo, abriu os olhos e finalmente encarou Miguel.

— Meu nome é Helena.

— Prazer, Helena. Sou o Miguel. — Bem garoto-propaganda de creme dental, ofereceu-lhe um sorriso de dentes brancos e perfeitamente alinhados, que desapareceu ao se virar para Fernando, sério. — E você?

— Meu nome é Fernando — respondeu, com os braços musculosos cruzados, apoiado na parede do elevador, sem olhar para os dois.

— Bem, então é isso, amores. — Miguel abriu um sorriso burocrático. — A gente tá preso e sem sinal de celular. Alguém tem um Uno ou um baralho na mochila? — perguntou, dando de ombros quando ninguém respondeu. — É uma piada. Ou não... Enfim. Querem conversar?

Só para você saber: não. Não foi uma piada.

— Sério mesmo? — perguntou Fernando, os olhos castanhos analisando Miguel de cima a baixo. — Mano, você acha *mesmo* que a gente tem *alguma coisa* em comum pra trocar uma ideia?

— Gostar de blusa polo *definitivamente* não é algo que a gente tem em comum, amore — retrucou Miguel no mesmo tom agressivo, o que fez brotar um sorriso tímido no rosto de Helena. — A gente tá em um hospital, então, sei lá. Isso já me parece algo em comum, por pior que seja. — Miguel olhou para Helena. — Por que você tá aqui? Pode contar?

Na mente de Helena, o nome de Magali se transformou de sussurros em gritos desesperados. Para se proteger, sacudiu a cabeça.

— Vim visitar minha mãe — respondeu e baixou os olhos. — Ela sofreu um acidente durante a madrugada.

— Muito grave? — Miguel se inclinou para procurar os olhos dela.

— É. Sem risco de morte. Mas meu pai disse que ela estava na UTI. — Helena suspirou e começou a cutucar as cutículas. — Por um lado, isso me deixa um pouco menos desesperada, porque estão cuidando dela. Por outro, me deixa preocupada. E muito mal.

A curiosidade de Miguel era quase inconveniente. Sabia decifrar, com facilidade, as entrelinhas de sorrisos forçados e discretos desvios do olhar, exatamente as estratégias que Helena usava para se esquivar de suas perguntas.

— Que tipo de acidente ela sofreu? — perguntou, sem se conter.

— Um bem grave.

— Você ainda não percebeu que ela não quer falar disso, mano? — perguntou Fernando, que se sentou encostado na parede oposta aos dois e esticou a perna esquerda. — Falta um pouco de noção aí, né?

Helena se sentiu grata pelo comentário, por mais grosseiro que houvesse sido o tom. Como falar sobre o que nem ela entendia direito?

— Tudo bem, tudo bem. — Miguel deu de ombros e olhou para o teto, deixando Helena em paz, como um cachorro que desiste de perseguir o gato do vizinho. — Tenho um sério problema com o silêncio, sabe? — Suspirou, um pouco decepcionado consigo. — Quanto mais ansioso fico, mais preciso falar.

— Tá aí mais uma diferença entre a gente — debochou Fernando, satisfeito por não ser Miguel. — Sou um *grande* apreciador do silêncio.

— Ha, ha, ha. Muito engraçado. — Miguel observou Fernando com um olhar que beirava o ódio. Depois, resolveu correr atrás do gato da vizinha de novo. Virou-se para Helena e perguntou: — Quantos anos você tem?

— Caramba! — disse Fernando, e cruzou os braços, impaciente. — Cismou com a mina, né?

— Cismei nada, Fernando. — Miguel apoiou o cotovelo no joelho dobrado e descansou a cabeça na mão. Com um sorriso cínico, disse: — Olha, tô puxando assunto com ela porque acho que, *com ela*, eu poderia ter uma conversa decente.

— Vai, então, mano! — Fernando bufou. — Pergunta logo o que você quer saber.

— Ai. Não é nada de mais — respondeu Miguel, bufando também, sem paciência. — Ia perguntar idade, de onde ela é, o que faz da vida...

— Isso agora é entrevista de emprego? — Fernando riu ironicamente, encarando o teto. — Grupo de autoajuda?

— Meu Deus! — interrompeu Helena com um quase grito, surpreendendo Miguel e Fernando, que se entreolharam. — Chega! Que coisa mais chata vocês dois discutindo. Meu nome é Helena, sou de São Paulo mesmo, faço dezoito anos daqui a um mês e tô completando o ensino médio. Pronto!

— Viu? — rebateu Miguel, e apontou para Fernando. — Não é *tão* difícil assim.

— Uauuuu — debochou Fernando. Demorou um tempo para voltar a falar, como se analisasse se valia a pena manter aquele diálogo estranho ou ficar no silêncio incômodo. — Me chamo Fernando, tenho dezoito anos. Vou entrar em medicina no próximo semestre e sou paulistano também. —

Ele ergueu a sobrancelha como se rodasse uma faca na barriga de Miguel. — Feliz agora?

— Tirando seu jeito irônico de falar, amore, sim, tô bem satisfeito — disse Miguel, com um sorriso, e encarou Fernando. — Sou o Miguel, tenho dezoito anos, trabalho numa cafeteria e tô estudando pra cursar cinema ou letras. Fui criado aqui, mas nasci na Bahia.

— Nunca fui para a Bahia — comentou Helena, sem olhar para ninguém, respondendo muito mais para fingir uma conversa e para não repararem nela de novo.

— Eu já. Para Salvador mesmo. No Carnaval. — Fernando pegou o celular do bolso e desbloqueou a tela. Depois, voltou a bloqueá-la e colocou o aparelho no chão, ao seu lado. — Um dos lugares mais incríveis que já conheci.

— Vim pra cá com a minha tia quando era bem pequeninho — contou Miguel —, e a gente nunca mais voltou pra lá, mas minha tia Lourdes tem uma coisa que vejo em todo mundo que nasce na Bahia. Sei lá, é um calor, uma energia, é meio como se tivesse um pedaço do sol dentro da barriga, sabe? — Suspirou, mordendo os lábios antes de continuar: — É ela que eu vim visitar. Tá numa situação delicada, mas é uma mulher muito forte. Pelo menos, é nessa esperança que tô me agarrando.

2. milagre

Voltem comigo no tempo, está bem? Não muito. Dezoito anos é suficiente.

Miguel Souza nasceu em março, em algum lugar no interior da Bahia. Naquele dia de quase outono, o sol gritava seus quarenta e um graus, castigando todas as formas de vida sob seu domínio com um verão eterno.

Miguel veio de parto normal, na casa de tijolos que sua mãe, Severina, levantou com a ajuda silenciosa de seu pai, Rogério, um comerciante da região.

Uma velha parteira do bairro fez as honras. Diziam que a mulher era bruxa, porque em décadas fazendo partos caseiros nunca havia perdido nenhuma criança. Seu talento havia sido indicado por Lourdes, irmã mais velha de Severina, a única, além de Severina e da parteira, a presenciar o nascimento.

— É homem? — foi a primeira pergunta que escapou dos lábios descascados de Severina.

A parteira, já idosa e miúda, envolveu o bebê em um lençol vermelho e respondeu, com um sorriso de poucos dentes:

— É, sim. É homem.

Severina soltou um uivo de alegria, porque todos os dias pedia ao anjo Miguel, de quem era devota, para que nascesse um moleque. Fez promessa e tudo, barganhando com o tal anjo o nome pelo sexo da criança. E cumpriu.

A verdade é que um filho homem era mais sonho de Rogério do que dela. Casado com outra mulher, Rogério tinha quatro filhas meninas e esperava ansioso por um homem.

Lourdes deu um beijo estalado na testa suada da irmã, quase como um agradecimento silencioso. Estava eufórica com a pequena vida que nascera ali; sangue do seu sangue. Seu sobrinho. Dois quilos e meio de carne, ossos e orgulho.

Naquele dia, choveu.

Na entrada da casa de tijolo e cimento, antes de ir embora, a parteira olhou Lourdes profundamente nos olhos. Parecia ter muito a dizer. As palavras aparentavam pesar em sua boca enrugada. No fim, não disse muito. Apenas isto:

— Cuide do garoto.

Lourdes não entendeu na hora. Parecia uma premonição, quase um mau agouro. Foi algo que preferiu guardar escondido dentro de si, porque não queria dar espaço para a tristeza naquele dia feliz. Era uma mulher que gostava de ver a poesia escondida nas entrelinhas da vida e pensou, de um jeito bonito, que Miguel tinha trazido a água, a vida e a renovação.

Enquanto encarava o céu, ela pensou: *Miguel é um milagre*.

•

Com quase um ano, Miguel já sabia andar e balbuciava pequenas palavras, como *mamá* e *papá*, mas não se engane: nem sempre papá era um chamado por Rogério.

Na verdade, Miguel aprendeu desde cedo que era o pai quem trazia comida - uma cesta com pão, leite, verduras, cereais e carne - e que ele só chegava em casa quando as estrelas já cintilavam no céu limpo. Era o horário em que a esposa com quem ele havia se casado diante da igreja e da cidade estava ocupada, e assim podia escapar da sua pequena mercearia e levar à outra família o sustento da semana.

— Seu filho está quase completando um ano — disse Severina, virada de costas para Rogério, mexendo em panelas e temperos.

— Ele tem saúde, Severina, e isso é tudo o que importa.

Rogério era um corpo impaciente largado no chão de terra batida, encarando o teto de telha e sentindo o suor brotar de todos os centímetros da pele após ter tido relações com a amante.

— A gente não vai fazer nem uma festinha para o menino?

Ela olhou por cima dos ombros e segurou bem a faca. Seu desejo era que sua mão acidentalmente a arremessasse para trás. Estava cansada do descaso escancarado que ele lhe servia.

— Com que dinheiro, mulher!? Não tem como ter festa nenhuma! — A voz de Rogério soava convincente, mas Severina sabia ler o cinismo em cada sílaba.

A quem queria enganar? Como fariam uma festinha se a casa ainda não tinha sido nem cimentada? As paredes dos três cômodos, erguidas com tijolos, tinham alguns buracos, e o telhado precisava urgentemente ser trocado porque, quando batia o sol do meio-dia, a casinha se transformava em um forno de assar gente. Se Rogério quisesse, já teria tomado uma atitude para lhes dar nem que fosse um pouco de conforto.

— Eu quero que seu filho tenha a mesma boa vida que suas filhas têm. — Severina não olhou para trás ao falar dessa vez. Tinha medo de que seu rancor se materializasse em mãos em torno do pescoço do homem. Acreditara que, assim que Miguel nascesse, Rogério viria para baixo de suas asas, de mala, cuia e sonhos. O peso dessas ilusões parecia cada dia mais difícil de suportar.

— Severina, você sabe que...

— Minha família nem me deixa entrar em casa. — Ela cortou Rogério antes que ele repetisse o discurso de que já tinha uma família. Suas palavras sempre deixavam implícito que não havia espaço para que nem ela nem Miguel coubessem ali. — Mainha tem vergonha de mim. — Ela enxugou as lágrimas e o suor na blusa suja de molho, o desabafo descendo como rio. — Painho só quer saber de Miguel quando é Lourdes que leva ele lá. De mim eles querem distância.

— E o que você quer que eu faça? — Rogério soltou no ar, evitando encarar a mulher e olhando para o berço, onde Miguel dormia o sono dos anjos. — Eu nunca te pedi nada disso!

Severina teve que se controlar para não derrubar as panelas no chão. Algo se quebrou dentro dela. O fio que sustentava, a duras penas, a ideia de que Rogério, ela e Miguel seriam uma família se revelou uma farsa, e ela a havia alimentado esse tempo todo.

Naquele ano, Miguel não ganhou uma festa por completar trezentos e sessenta e cinco dias na Terra. Não tinha como ter festa. Não, não, não! Ele nem fazia questão, pois só entendia de comer e brincar. Mas em breve, mesmo que não pudesse saber, ele ganharia um presente.

•

Aos dois anos e meio, Miguel estava subnutrido, e seus pais, mergulhados de forma avassaladora na lama pegajosa da mentira. Até que Severina tomou uma decisão.

— Estou indo embora — contou para a irmã numa noite de outono.

Lourdes estava encostada no muro da casa de Severina. Miguel dormia lá dentro.

— Indo embora pra onde?

— Vou para Salvador, irmã. Dizem que lá tem mais trabalho, mais oportunidades. Eu preciso dar um jeito na minha vida.

— Você vai sozinha?

— Vou. Preciso que você fique com Miguel até eu me estabilizar por lá. — Severina olhou para Lourdes em uma súplica, o rosto esculpido pelo desespero em olheiras fundas, que ressaltavam a sua magreza. — Rogério vai continuar ajudando com a comida. Mas isso não é vida para mim... Eu preciso dar um jeito. Assim que tudo melhorar, mando dinheiro para você e Miguel irem morar comigo. — Os olhos dela se encheram de lágrimas, pois a mentira escorria de sua língua e descia queimando pela garganta.

Lourdes não demorou pensando. Ela amava o menino e isso era tudo o que precisava saber naquele momento. Esticou uma das mãos e pegou a da irmã com a sua. Era pouco, mas era uma promessa, um calor, um conforto.

— Farei o meu melhor por Miguel. Ele é meu sobrinho, caramba! Como se fosse um filho saído de dentro de mim. Você pode ficar tranquila que...

— Eu sei, irmã. Eu sei.

— Quando você vai?

— Hoje.

— Mas já?

— Se eu não for hoje, perco a coragem e não vou nunca mais...

Severina libertou um obrigada quase mudo a Lourdes e a abraçou. Queria desesperadamente que cada palavra não dita ficasse morta e enterrada dentro de si, porque assim talvez não machucaria ninguém, mas no fundo ela sabia que não tinha mais volta.

Em poucas semanas, tudo aconteceu como já era esperado. Severina foi embora, Lourdes adotou Miguel e ficou esperando por muitas coisas, inclusive a ajuda de Rogério, que nunca chegou.

— Ela foi embora com outro homem, tenho certeza! — alegou o pai da criança nas três vezes em que Lourdes o procurou. — Que peça ajuda para *ele* então. — Um *ele* que não existia. — Nem sei se Miguel é meu filho mesmo! Se você voltar aqui, eu chamo a polícia e digo que está tentando me roubar!

E então Lourdes esperou a carta da irmã. Uma carta com boas notícias, com um gostinho de esperança. Uma carta com um endereço, com uma previsão de encontro, com um plano para reconstruírem uma família já separada pelas turbulências da vida.

Mas nunca recebeu nada. Severina havia sumido do mapa. Se dissessem que ela era fantasma, muitos naquele pequeno bairro acreditariam.

•

Pouco mais de duzentos dias depois, foi a vez de Lourdes tomar uma decisão.

— Tô indo pra São Paulo — disse, deitada na cama coberta apenas por um simples lençol branco, para Marli, uma moça que conheceu naquele ano e com quem vivia uma forte paixão. — Vou hoje de noite. Quando todo mundo lá em casa estiver ocupado com a ceia de Natal. — Lourdes sorriu. — Quando derem pela minha falta, puf! Nem vestígio de Lourdes nessa Bahia.

— Você vai mesmo? — perguntou Marli, serena, ainda fazendo movimentos circulares com a ponta do dedo ao redor do rosto de Lourdes. — Quero dizer... Você pensou bem?

— Não aguento mais essa situação, Marli. Todo dia é um xingamento diferente. Para mim, não dá mais. — Bateu com a mão espalmada no peito e balançou a cabeça. — Meus pais acham que ser lésbica é algo que eu controlo. Se ferrar! — Mostrou o dedo do meio. — Sou lésbica com muito orgulho! Quero viver em um lugar em que eu possa crescer. Em que eu possar ser eu mesma. Chega disso.

— É. Entendo. — Marli suspirou, ainda sem encarar a namorada e sentindo um pouco de inveja da nova chance que ela estava reivindicando pra si. — Sua mainha e seu painho são complicados mesmo.

— E por que você não vem comigo? — Lourdes olhou para ela com os olhos brilhando. Vinha planejando aquele momento, aquela jornada, há semanas. — Tenho dinheiro para nós duas e Miguel podermos ficar dois meses lá enquanto procuro trabalho. Economizei mais de um ano com o que recebo dos bicos no bar de Zé. Vamos arriscar. Aqui a gente não tem chance de morar juntas! O desgraçado do pai de Miguel não ajuda com nada. Minha irmã nunca mandou notícias. Chega de esperar as coisas acontecerem! Vamos tomar nosso final feliz na marra, Marli.

Marli tentou sorrir, mas seu rosto parecia não querer expressar o que seu coração não sentia.

— Eu, você e uma criança... — Ela desviou o olhar. — Eu... Acho que não... Você sabe que não é o que eu quero.

Lourdes engoliu em seco. Já sabia que Marli não queria ter filhos, e a rejeição a Miguel era como uma rejeição a ela mesma; ela e o sobrinho eram indivisíveis.

Ali, na cama, deram um último beijo com gosto de adeus.

Naquela noite, enquanto a família comemorava o Natal, Lourdes, no auge de seus vinte e quatro anos, fugiu de casa. Nas costas, uma mochila de pano com poucas roupas, mas muitos sonhos e vontade de viver. No coração, a certeza de que, por ser nordestina e lésbica, penaria na cidade grande e que deixava a casa dos pais para sempre sem chance de voltar atrás. No colo, a motivação mais importante: um sobrinho que precisava crescer em segurança, alimentado com comida e afeto.

No dia em que foram embora, enquanto chovia na Baía de Todos os Santos, Lourdes finalmente entendeu as palavras da parteira.

3. julgamentos

— Somos só eu e minha tia Lourdes. — Miguel engoliu em seco a presença do medo ao seu lado. — Preciso que ela volte para mim. Tenho muita coisa pra consertar.

— Mas o que aconteceu com ela? — perguntou Helena, porque sentiu que Miguel precisava falar mais sobre o assunto.

Por alguns segundos, Miguel olhou para o nada, avaliando o que dizer. Dor na consciência às vezes machuca mais do que ferida na pele.

— Ela sofreu um enfarte. Ontem. Foi um dos brabos, sabe? — Miguel suspirou e olhou para o teto do elevador para não chorar. — Ainda tá internada. Os médicos não sabem dizer se ela vai ter sequelas. A sorte foi que corremos com ela pra cá assim que aconteceu.

— Sinto muito, Miguel. — Helena olhou para ele com empatia, sem saber que palavras dizer. — Tomara que ela fique bem.

— Tomara mesmo.

— E os seus pais? Você tem notícias? — perguntou Helena, virando-se para ele. — Eles moram em São Paulo?

— Meus pais? — Miguel abriu um sorriso triste e encostou a cabeça na parede. — Nem os conheço. Meu pai tinha outra família e minha mãe era amante dele. Quando eu nasci, ela pensou que ele iria querer ficar com a gente, sabe? Aquela história clássica. Depois que nada aconteceu, ela mudou de cidade, pra melhorar as condições de vida, e me deixou com a minha tia. Só que ela nunca tentou entrar em contato com a gente. Meu pai parou de ajudar também. Eu era muito pequeno... Meio que fui abandonado pelos dois.

— Que coisa horrível, Miguel. — Helena abraçou a si mesma, querendo se proteger de uma realidade muito distante da dela. Por mais complicada que fosse a vida dentro de casa, sabia que ainda podia contar com os seus pais.

— Não tenho lembrança nenhuma dessa fase — continuou Miguel, sem encarar ninguém. — Mas sei que minha tia decidiu vir para São Paulo e me carregou com ela.

— Mãe e pai são quem cria, quem cuida de verdade — interveio Fernando, surpreendendo os outros. — Então, mesmo que você tivesse contato com eles, sua tia iria continuar sendo sua única família. É minha opinião.

— É. — Miguel suspirou. — Por isso que não posso perdê-la.

— Esse hospital é um dos melhores da cidade — disse Fernando, repousando o olhar em Miguel por alguns segundos e depois voltando a mirar o nada. — Eles definitivamente sabem o que estão fazendo. Ela está em boas mãos.

— É o que espero. Um amigo dela se responsabilizou por todas as despesas. — Miguel levou a mão direita à cabeça e bagunçou impacientemente os cabelos cacheados. — A gente não tem plano de saúde. Nem sei o que seria da gente se ele não ajudasse.

— Esse amigo deve amar muito a sua tia, porque aqui é caro, mano. Tipo, muito caro — acrescentou Fernando de modo natural, agora desbloqueando e bloqueando a tela do celular como se o sinal fosse voltar a qualquer momento. — Sei porque meus pais trabalharam aqui por muito tempo.

— Dinheiro é um lixo mesmo! — Miguel fechou os olhos, batendo de leve a cabeça na parede algumas vezes. — Odeio o capitalismo. A porra de um papel que define quem vive e quem morre.

— Na-na-ni-na-não — discordou Fernando, com o dedo indicador erguido, antes de guardar o celular no bolso. — Dinheiro é bom, mano. Ajuda a conquistar muitas coisas! — Encostado na parede, dobrou as pernas e apoiou os cotovelos nos joelhos. — Se você tivesse grana, aposto que não reclamaria.

Por alguns segundos, Miguel permaneceu de boca aberta, perdido entre o que tinha ouvido e o que deveria dizer.

Espero que até o final desta história você consiga entender os motivos que me fizeram juntar no mesmo lugar justamente esses três. Às vezes, se a vida tenta te ensinar algo e você simplesmente ignora, empurra com a barriga, eu preciso tomar medidas drásticas. Mas vamos voltar para a discussão, que estava interessante...

— *Se você tivesse grana*? Sério? — Miguel bufou e se inclinou para a frente, encarando Fernando. — Por que você está me julgando gratuitamente, amore? Posso saber?

— Mano, não leva as coisas pro lado pessoal! A gente julga as pessoas o tempo todo. Foi mal, não quis ofender. — Fernando, na defensiva, levantou a mão direita em um pedido de desculpas. — Mas dá para saber quem tem grana ou não pelo jeito como a pessoa se veste, fala. — Apontou para Miguel como se ele fosse uma pintura a ser analisada. — Não leva a mal, é que...

— Ah, a gente tá na porra de um jogo de pré-julgamentos de roupas, então? — A sobrancelha esquerda de Miguel se ergueu, desafiante e muito bem treinada por sua tia Lourdes, que o ensinara a não abaixar a cabeça. — Você pode até estar certo. Eu e minha tia não temos grana, mas você não me ofende me chamando de pobre — mentiu Miguel, o sangue fervendo.

— Vamos mudar de assunto? — perguntou Helena, imaginando o caos que se tornaria aquele elevador se os dois se exaltassem de novo.

— Tenho um trabalho merda, mas que paga minhas contas. Eu me sustento. Euzinho — insistiu Miguel, e bateu a mão no peito algumas vezes. — E isso me dá orgulho. — Ele sorriu vitorioso antes de apontar rispidamente para Fernando. — Você, ao contrário de mim, demonstra se achar pra caralho. Mas não tem autonomia nenhuma.

— Ah, é? — Fernando riu com ironia. — Me explica aí sua linha de pensamento.

— Tá na cara que você gosta de ser rico, mas mais na cara ainda que você gosta que as pessoas saibam disso. Aliás, você provavelmente se acha melhor do que todo mundo por causa da sua condição. — Enquanto Miguel falava, suas mãos dançavam, tremiam. — Você tem *plena noção* de que isso define o status invisível que te coloca *acima* da maioria das pessoas. Só que me deixa adivinhar... O dinheiro, na verdade, não é seu. É do seu pai e da sua mãe. Você é um mimado sustentado pelos pais. E, bem, eu poderia ficar aqui falando minhas opiniões sobre como isso mostra um falso nível elevado de grandeza e reflete uma personalidade extremamente insegura, triste e prepotente. Mas *você* que é o cara das análises, não eu, né?

Helena não respirava. Acuada pelo bate-boca, concentrava-se no frio do alumínio da parede na qual estava encostada. Se deixasse o ar entrar nos pulmões, inspiraria também as partículas invisíveis de tensão que saíam nas explosões das falas dos dois.

— Já acabou? — perguntou Fernando, que deixou de encarar os tênis, levantou o rosto e soltou um sorriso orgulhoso. — Escuta, não vou me sentir culpado por ter grana, não. Nem pela minha família ser rica e me dar uma boa vida.

Ele balançou a cabeça e sorriu para Miguel, que se esforçou para ignorar a fala e não voar em cima do outro.

— O dinheiro abre portas e me leva pros lugares que eu quero — continuou Fernando. — A vida é assim. Alguns têm. Outros não. Só lamento.

— Não lamente e não se sinta culpado, amore. — Miguel aproximou o indicador do polegar, levando os dedos para perto do olho. — Mas um *pouquinho* de consciência te tornaria um ser humano um *pouquinho* melhor.

Fernando se desencostou da parede e abriu os braços, indignado.

— Então, você acha que eu não tenho consciência? É isso?

— Cara, *você* que começou, me julgando pela minha roupa. Não aguentou o jogo? — indagou Miguel. Satisfeito, deu de ombros e arrematou com um sorriso de desprezo que atropelou Fernando como um trem de carga. — Eu só revidei. Aliás, saí do trabalho e vim direto para cá. Não consegui folga e tô fodido de sono. Desculpa se não me vesti direito pra ficar preso na mesma porra de elevador que Vossa Majestade.

— Vocês podem simplesmente calar a boca de vocês? — Helena dobrou as pernas, trouxe-as na direção do peito e abraçou a si própria, como se isso criasse uma muralha de proteção contra a discussão que acontecia ali. — Brigar vai tirar a gente daqui? Ainda mais uma briga com argumentos tão idiotas!

Aí sim... Era o ódio de Helena que estava faltando para temperar ainda mais a cena. Já até peguei a pipoca.

— Escuta, não vou aceitar ninguém me mandando ficar quieto — retrucou Fernando, e apontou para si mesmo e depois para os outros. — Vocês *não vão* me dizer como agir, e eu não vou abaixar a cabeça. — Olhou para o teto e balançou a cabeça para espantar a voz da mãe que de repente surgiu em seus pensamentos. — Tô cheio de *todo mundo* mandando na minha vida. Cheio!

— O quê? — Miguel levantou as mãos, indignado, e elevou o tom: — Quem tá mandando você abaixar a cabeça, amore? Não surta! A Helena tá falando das merdas que você ficou dizendo aq...

— Vocês nunca vão entender. — Impaciente, Fernando suspirou alto, como se assim pudesse se livrar do caos que havia em sua mente, onde a voz decidida de sua mãe ainda ressoava.

— Calma, Fernando — disse Helena, abrindo os olhos e esticando o braço para tocar no joelho dele. Porém, logo recolheu a mão, receosa de trazer mais aflição para si. — Não leva as coisas para esse lado. Pra que começar a brigar de novo?

— Eu... — Fernando mordeu os lábios grossos, fechou os olhos e cobriu o rosto com as mãos. — Só quero... Quero, não, *preciso* sair daqui!

O silêncio caiu sobre eles como uma bênção, porque o motivo da visita dos três ao hospital borbulhava dentro deles em um caldo de medo, culpa e tristeza, deixando seus nervos ainda mais aflorados.

Talvez, em condições normais, eles até poderiam ter se dado bem logo de cara. Mas a gente não quer isso, né? Eu, pelo menos, não! Tive tanto esforço para prender esses três no elevador para eles ficarem quietos? Nada feito! Ainda mais depois de tanta energia focada nisso. E, já que nessa história só minha vontade importa, mexi meus pauzinhos - de novo.

O choro agudo de uma criança atravessou as portas do elevador como o impacto das ondas de um terremoto. Alto e desesperado, parecia vir de um bebê fantasma. Aos poucos, desapareceu.

— O que é isso?! — perguntou Miguel, que olhava para cima, suspeitando que havia vindo de lá.

— Choro de criança. — O olhar de Helena juntou-se ao de Miguel no teto.

— A gente tá perto do berçário — explicou Fernando, mordendo os lábios ao ser arrastado por uma onda de pensamentos que chacoalhavam tudo por dentro. — Eu ferrei com a minha vida — confessou, em um sussurro triste, e o sofrimento cresceu dentro dele, se espalhou por seu tronco e desembocou nas mãos grandes, que tremiam, e nos olhos, que lutavam para não se entregar a um choro ferido e sincero. — Ferrei com tudo.

Miguel e Helena se entreolharam e depois, preocupados, encararam Fernando.

— Ei, cara... Fica calmo. Sério mesmo. — Miguel abriu um sorriso solidário e quis tocar o ombro dele para tranquilizá-lo ou até mesmo fazer uma piada de que ele era rico e poderia resolver tudo, mas se conteve, com medo do campo minado que Fernando havia criado ao redor. — *Todo mundo* aqui tá ferrado.

Do lado de cá também, Miguelzinho...

— A gente tá num hospital, afinal de contas. E presos — acrescentou Helena, que respirou fundo.

— Na real, nem tô falando sobre o hospital em si.

Miguel cruzou as pernas, desencostou-se da parede e entrelaçou os dedos sobre as panturrilhas.

— Acho que a cabeça de todo mundo tá ferrada de algum jeito, sabe? A vida tem mais problemas do que soluções — explicou. — E os problemas vêm seja você rico ou pobre. Você não é o único. — Deu de ombros de novo, derrotado por saber que estava falando de si mesmo. — Apesar de os pobres estarem um pouco mais ferrados, é claro.

— Vocês não entendem — disse Fernando, dando um tapa na testa e encarando os dois com uma seriedade que os assustou. — Ferrei com o meu futuro de uma forma majestosa. Mesmo. Tipo... para sempre.

— Tá. — Miguel olhou de lado para Helena. — Você está começando a me assustar... — Soltou um riso nervoso.

— Fernando, só tenta se acalmar! — recomendou Helena, mas Fernando ignorou, ensurdecido pela decisão da mãe e por ter concordado com ela, motivo que levou Nádia aonde está. — Você não quer desabafar? Jogar o problema no universo?

Fernando escondeu o rosto com as mãos, mas os lábios foram mais rápidos, e as palavras, em queda livre, revelaram parte da sua história:

— Destruí o meu futuro. O meu e o da minha namorada.

4. afronta

Como você já deve ter reparado, os começos são importantes.

Era outono, mas poderia ter acontecido em qualquer estação. Na verdade, a época do ano pouco importava para Cecília. Em algum lugar de São Paulo, ela estava na água, com a música preferida ao fundo, o marido ao lado e a doula prestes a oferecer toda a assistência que a própria Cecília recomendava às suas pacientes.

Cada contração era um lembrete do que deixara para trás, do fantasma da pobreza, da instabilidade e do sofrimento que engolira cada membro de sua família. Cada grito era uma resposta pessoal, uma pequena vingança que lhe vinha revestida de lembranças, de vitórias que queria esfregar na cara do mundo: era a primeira na família a ter um diploma, a não ficar grávida na adolescência, a fazer uma pós-graduação, a ter um passaporte, a ter um carro, um apartamento, dinheiro.

Como gostava de ser dona do próprio destino (aham, vai sonhando), decidiu fugir dos bisturis afiados dos médicos brancos que eram companheiros de trabalho. Por mais razoáveis que fossem, ninguém cortaria sua carne, que, apesar de diplomada, como Elza Soares sempre lembrava, continuava sendo a mais barata no mercado.

Fernando Santana veio ao mundo.

Planejado.

Desejado.

Saiu da barriga da mãe para a água e para o mundo.

Sentiu a pequena vida em seu peito e, cansada, procurou os olhos de Alberto.

As mãos dele pousaram sobre a cabeça melada do filho, sobre a moleira pulsante, e ele se perdeu na emoção de se ver pai, na taquicardia desembestada que bagunçava seu peito e afirmava que era tudo ou nada.

Cecília suspirou. Passou os dedos suavemente pelos lábios de Fernando, contornou suas sobrancelhas e deixou que as lágrimas caíssem. Seu filho era a prova de que o mundo devia ser conquistado, de que ela garantiria seu lugar, sim, e de que seu sobrenome seria perpetuado. Fernando sairia mais à frente do que ela e também conseguiria; seria alguém na vida, porque ela já tinha tudo planejado.

Fernando era uma afronta para o mundo.

•

Como programado, aos doze anos, Fernando já era um rei. Cecília controlava sua rotina cirurgicamente, pensando que podia, também, traçar seu destino - coitada. Em sua limitação de mãe-coruja, não enxergava que aquela função era minha, e de mais ninguém.

Mente sã em corpo são: encheu as tardes do filho com futebol, judô e natação - para moldar seus músculos - e inglês, espanhol e teatro - para prepará-lo para a vida e para o mercado, pois a sina de Fernando era vencer.

Apesar do direcionamento às atividades intelectuais, no campinho, Fernando corria e driblava como se fosse um deus: marcava gols sem fim, dava passes geniais e fazia finalizações perfeitas.

Em uma sexta quente de verão, o treinador chamou Cecília para uma conversa. Deixado esperando, Fernando maravilhou-se com um presente que recebeu do céu: nuvens de chuva acumuladas, prontas para complicar a vida do paulistano e trazer um sorriso ao rosto de um menino.

Sob os pingos grossos que beijavam o chão, o olhar de Fernando tropeçou em uma poça enlameada. Foi amor à primeira vista: correu e pulou, admirando em câmera lenta o jeito mágico como a água subia, descia e escorria por sua pele negra, lambendo o sal do suor que o batizara havia pouco.

— Dona Cecília, sinceramente, acho que seu filho tem futuro. Ele tem um talento bruto que precisa ser explorado... Eu pensei em indicá-lo para...

Debaixo do toldo azul da entrada, o treinador foi silenciado pelo olhar fulminante de Cecília, que se virou apavorada e deixou para trás o resto do que quer que ele quisesse dizer.

— Preciso ir, treinador — falou para o vento, para as paredes, sem encarar o homem.

Apressada, gritou pelo filho e correu até o carro para proteger o futuro idealizado de Fernando sob a lataria prateada. Os dois entraram no automóvel importado.

Futebol era diversão; apenas mais uma das outras ocupações que ela remanejou para a rotina dele. Nunca permitiria que Fernando se desviasse do caminho idealizado por ela.

— Puta que pariu, Fernando! — xingou Cecília, e socou o volante, sentindo o nó dos dedos ardendo. — Você está todo sujo!

— Mas, mãe, é só tomar banho que sai! — Fernando puxou a blusa e observou as manchas de lama.

— Você sabe que não te criei pra ser assim. Você tem que ser mais. Você vai ser médico. Não passei o que passei pra ter filho jogador de futebol. Você não vai ter um futuro incerto, não! — Cecília saiu do seu monólogo e olhou fixamente para o filho. — Qual é teu nome?

— Fernando, mãe.

— Fernando Santana. Filho de médicos. De uma mãe médica e de um pai médico. — Esticou o indicador e o balançou. — Tá ouvindo?

Não conversaram por quatro quarteirões. Os dedos magros de Cecília tremiam no volante de couro. Quem aquele treinador achava que era para tentar tomar o futuro do filho dela?

Estacionou em frente a uma padaria grande, e Fernando desceu para comprar pão. Ainda frustrado, tirou a camisa molhada e jogou-a sobre o ombro. Passou a mão no cabelo crespo, que estava um pouco bagunçado, e não percebeu a linha de barro grudada na sobrancelha esquerda.

Com os olhos marejados, Cecília esperou no carro. Estalou os dedos e massageou a nuca. Estava exausta, sugada por uma luta interna que a obrigava a se afirmar para não ser soterrada pela invisível cadeia social.

— Mãe! — Fernando voltou minutos depois, bateu a porta e virou-se para ela, animado, com um sorriso sincero. — Olha que legal! A moça da padaria me deu oito pães e nem quis pegar o dinheiro! — Ele mostrou as notas. — A gente devia vir sempre aqui. Eles são os mais leg...

O sorriso no rosto de Fernando morreu com a mesma rapidez que o desespero surgiu em seu peito. Impotente, observava Cecília sem entender as lágrimas que ela derrubava.

— Por que você tá chorando, mãe?

Cecília tapou a boca com as mãos para não gritar. Queria engolir o mundo e vomitar ruínas.

Como explicar que a atendente tinha achado que ele era uma criança em situação de vulnerabilidade? De onde tiraria forças para destruir sua inocência? Para expô-lo a uma injustiça da qual ele não conseguiria se defender?

Cecília, sentindo sobre si todo o peso do mundo, abraçou Fernando. Por mais que lutasse, tinha consciência de que ele receberia aquela marca invisível como herança.

Calado, Fernando deixou-se ficar no calor dos braços da mãe, assombrado por adivinhar que alguma coisa havia se partido.

Depois de um tempo, a mãe secou o rosto, pegou o dinheiro, saiu do carro e sumiu dentro da padaria. Durou pouco mais de um minuto. Voltou com um olhar orgulhoso, calculista, um quase sorriso nos lábios, deu partida no carro e dirigiu para casa.

Em silêncio, Fernando observava a chuva; queria estar lá fora, onde podia ser livre e feliz.

Não sabia ainda, mas aquela tinha sido a última vez que entraria em um campo de futebol.

•

Aos dezesseis, Fernando já havia se perdido no universo feminino e em suas fragrâncias doces, lábios macios, risadas agudas e curvas serpentiformes. Apaixonava-se como se mergulhasse, sempre passando por baixo das ondas para fugir do impacto. Gostava do vai e vem e da correnteza puxando para o fundo, mas *amava* a certeza de saber que, no fim, seus pés sempre conseguiriam se firmar na areia.

Até os dezoito anos.

Nádia chegou como um furacão. Fernando, criança grande, em vez de se abrigar, encarou o tornado de frente, sem medo. Ele, também, uma força da natureza.

Conheceu Nádia numa sessão de fotos que estava fazendo como *freelance* para substituir um amigo fotógrafo. Seus pais não sabiam disso, mas era ali, atrás da lente de uma máquina profissional, que se sentia ele mesmo. Que sentia tudo.

Ficou hipnotizado por Nádia. A pele negra, os cabelos volumosos, os olhos rebeldes. A lente, os olhos e o coração de Fernando não conseguiam desviar por um segundo.

Sentiu que precisava conhecê-la. Aquilo não era por acaso. Era um encontro de almas. Precisava mergulhar no oceano desconhecido que ela representava.

Depois das unhas ferozes de Nádia em sua carne e da língua faminta de Nádia em sua boca, todo o resto perdeu a importância, e seu coração passou a bater em um ritmo inédito, que se impunha em sua vida e embaralhava qualquer coisa que havia aprendido antes.

Comia Nádia.

Bebia Nádia.

Respirava Nádia.

Seria Nádia até o fim da vida, pois os segredos do universo moravam nas curvas do corpo dela.

Foi para ela que disse seu primeiro "eu te amo". E queria, com toda sua força, que fosse com ela que as palavras ficassem para sempre.

Fernando havia se encontrado.

•

— Quem você acha que é, Fernando? — gritou Cecília, na cozinha, colocando um copo na pia.

— Do que você tá falando, mãe? — Fernando nem se deu ao trabalho de encará-la, afundado no mar de fotos da galeria do celular.

— Faltando nas aulas de inglês, notas caindo... Esse ano tem vestibular, e aí? O que tá acontecendo? — Cecília se jogou na cadeira. Fuzilou o filho com os olhos e bateu a mão espalmada na mesa. — Porra! Olha pra mim quando eu falo contigo! — Ela pegou o próprio celular, os dedos dançando rapidamente pela tela. — Vou te levar no psicólogo. É isso.

— Que psicólogo o quê, mãe! — Fernando se levantou, ainda sem dedicar a atenção que a mãe exigia, e foi até a geladeira para pegar mais suco de laranja. — Me deixa em paz.

— Me deixa o cacete, Fernando. Olha como você fala comigo! Você sabe o quanto ralei para te dar tudo isso? — Cecília observou o suco transbordar do copo do filho, como também fazia sua paciência. — Tá doido, menino? Presta atenção! — Levantou-se e pegou toalhas de papel para limpar a bagunça. — Você tá no terceiro ano. Não tem nem o que discutir!

Embolou o papel molhado e jogou no lixo, como também queria fazer com as coisas que tiravam seu filho do caminho que ela havia traçado.

— Tem que estudar, senão não passa em medicina.

— Quem disse que eu quero estudar medicina? — Fernando encarou a mãe como se ela fosse uma estranha e, depois, voltou às fotos de Nádia no celular. Sorriu. — Quero é ser fotógrafo!

Nádia contra a luz, Nádia nua na beira da praia, Nádia na espreguiçadeira da piscina do prédio.

Cecília pegou o celular da mão dele e jogou longe. Fernando gritou, mas foi em vão, porque naquela casa a voz mais alta sempre tinha sido e sempre seria a dela.

Em uma mistura de frustração, revolta e esperança projetada, Cecília mergulhara o filho no mar de planos que *ela* havia feito. Assim, Fernando precisava entender que *ele* era a personificação do que *ela* tinha vontade de dizer ao mundo, que ele precisava ser mais em nome de seus antepassados e de seus descendentes.

E foi o que aconteceu.

Fernando *foi mais*.

Em uma terça chuvosa, escapou com a namorada para a piscina deserta do prédio. Aproveitou que a mãe estava de viagem e o pai fora até tarde.

Pularam juntos na água de mãos dadas. Ela e ele. Era um dos dias mais quentes daquele ano e, mesmo que já tivesse anoitecido, os termômetros se recusavam a ceder. Relâmpagos anunciavam uma chuva de verão rotineira na cidade.

Fernando apareceu de baixo da água com um sorriso aberto, muito branco, que parecia ter roubado o brilho da lua, a deixando tímida no céu escuro.

— Certeza que não tem problema? — perguntou Nádia, preocupada, olhando para os lados.

— Não. Se tiver, eu resolvo — respondeu, acariciando o rosto dela e tomando seus lábios com a precisão de quem já conhecia aquele caminho.

Rendida, Nádia fechou os olhos e se entregou.

A chuva caiu.

Entre beijos, mordidas e arranhões, Nádia gozou enquanto os raios brilhavam, e Fernando explodiu em espermatozoides, que nadaram até o óvulo.

Querendo se afogar no oceano que era a namorada, mergulhou sem proteção e mudou os planos que a mãe fizera para ele.

Fernando seria pai.

5. expectativas

— Ferrei com a minha vida — repetiu Fernando com toda a certeza do mundo, e passou as costas da mão no rosto, misturando lágrimas e suor.

Palavras têm peso. As de Fernando, com suas toneladas, caíram com um baque surdo no chão do elevador.

Miguel se desencostou da parede e foi se ajoelhar perto dele, preocupado com o jeito que tremia.

— O que tá acontecendo? — perguntou.

— Não vou conseguir lidar com um filho agora — disse Fernando, deixando o olhar repousar no chão. Finalmente sentindo o fardo de suas palavras. — Impossível.

— Filho? — Helena arregalou os olhos. — Como assim?

— Eu... — Fernando passou as mãos pelos cabelos, visivelmente angustiado. — Na real, foi uma burrice. Levei minha namorada pra piscina do prédio... — Ele coçou o couro cabeludo com as unhas, sem coragem de encarar os outros dois. — A Nádia estava com medo, mas era uma tempestade tão bonita... Sabe aquela adrenalina de fazer escondido? Não tinha camisinha na hora, mas acabou rolando. Agora vou ser pai.

As lágrimas engoliram sua voz por um momento.

— A gente tem uma vida pela frente: faculdade, trabalho, viagens. Tinha... Não sei mais! — Fernando encarou Miguel e Helena e depois voltou os olhos para o chão, onde seus segredos pareciam estar gravados com tinta permanente. Fragilizado, confessou: — Real oficial? Não tenho a menor noção do que fazer.

— Que merda — disse Miguel, voltando a se encostar na parede, sem conseguir encontrar palavras melhores.

— Ah, pra piorar, a Nádia passou mal e veio parar aqui. — Fernando fechou uma das mãos e deu um soco de leve na parede de metal, como se fosse ajudar a aliviar a tensão em seu peito. Olhando para o teto, continuou: — Não sei o que ela teve, saca? Se tá bem, mal, se... — Congelou e sentiu a pressão cair ao notar o pensamento sombrio que passou por sua mente. — Só queria que esse pesadelo acabasse logo. Só isso.

Hmm... E sabe o que *eu* queria, Fernandinho? Mais fogo no parquinho!

— Mas... — começou Helena, de olhos fechados, pressionando a lateral da cabeça com a mão direita porque um zunido caótico insistia em cantarolar em seus ouvidos. — Escuta, como *ela* tá se sentindo?

— Como assim?

— A Nádia. Não é esse o nome dela? — Helena abriu os olhos e esperou Fernando confirmar com a cabeça. — Você falou que ferrou com a *sua* vida, que *você* não vai conseguir lidar com um filho. — Helena se inclinou para a frente e encarou Fernando, canalizando toda sua frustração por sempre se colocar em segundo plano. — E *ela*? E a vida *dela*? Como *ela* tá se sentindo?

— Não sei como ela tá. A gente nem conversou direito ainda depois que ela descobriu... — respondeu Fernando, encarando Helena. — Não quero fazer mal a ninguém, mas não quero arruinar o nosso futuro.

— Como assim o futuro *de vocês*? — Helena quis chorar, mas mordeu os lábios, desejando ser muralha, ser forte. Sua vida era uma eterna fuga de discussões delicadas, mas por que fugir agora? Ela não tinha nada a perder. — Deu pra perceber que você só se preocupa com o *seu* futuro, com a *sua* vida. É tudo sobre você! Filho não se faz sozinho. Sua namorada não engravidou com o dedo. — Suas mãos tremiam. Helena parecia dividir a angústia daquela menina.

— Não tô tentando diminuir a minha culpa! — reclamou Fernando, sentindo que seu corpo estava prestes a explodir. — Você fala como se me conhecesse. Aliás, vocês dois acham que me conhecem. — Apontou para Helena e Miguel e os encarou com frieza, beirando o desprezo. — Vocês não sabem é de nada.

— Mas você já se colocou no lugar dela? — rebateu Miguel, com uma voz amena e um olhar pacífico, querendo se aproximar para dar um abraço. — Acho que é isso o que a Helena tá tentando dizer.

— Não. — Fernando tragou Helena com o olhar como se ela fosse um cigarro desagradável e amargo. — Eu nem tive tempo pra isso!

— Pois é — disse Helena, e desviou o olhar do rosto dele. — Ela também tem um futuro, sabe? Imagina como deve estar a cabeça dela.

— Eu sei. Eu sei. — As lágrimas explodiram dos olhos de Fernando. — É que é uma merda. Sempre tenho que ser o melhor, saca? Não posso errar nunca! — Ele balançou a cabeça, decepcionado, e esticou a mão para pegar o lenço de papel que Miguel tirou da mochila. — Fui praticamente treinado para vencer, para estar no topo, mas eu tô exausto. Tô de saco cheio.

Fernando cobriu o rosto com as mãos, querendo que sua pele se tornasse um escudo duro e impermeável. Não queria se permitir desabar ali.

— Acho que essa semana tá sendo uma merda pra nós três — falou Miguel em voz baixa, tentando amenizar a tensão.

— Não só essa semana — comentou Fernando, e olhou para o alto em busca de ajuda, pois sentia as frustrações se descolando de seu peito, onde as escondia, e ganhando vida dentro do elevador. — Carrego a porra desse peso desde que nasci, porque caras como eu nunca podem fazer só o bastante, só o necessário, tipo, ser nota seis. Se a gente não tá no primeiro lugar, a gente não vale porra nenhuma. — Assoou o nariz, respirou fundo e continuou: — Mal posso descansar. Por mais que meus pais me deem grana pra fazer o que eu quero, tenho que ralar dobrado pra ter o mínimo de respeito.

Fernando se afogou nas próprias palavras, tentando controlar o corpo trêmulo.

— O mundo me cobra muito — continuou —, e meus pais exigem que eu cumpra as imensas expectativas deles.

— Que porra isso tem a ver com o fato de você estar evitando a menina que você engravidou? — insistiu Helena, e bateu a mão no joelho, visivelmente brava.

— É sério que você não entendeu? — Fernando cruzou os braços e a encarou com um rancor quase físico. — Ser pai aos dezoito anos? Meus pais vão acabar comigo.

— Você que não entendeu! E *ela*, Fernando? — perguntou Helena, e fechou a mão em punho, segurando-se para não chacoalhá-lo pelos ombros. — O que as pessoas vão achar de ela ser mãe aos dezoito? Vadia? Irresponsável? — Ela balançou a cabeça, bufou, revirou os olhos e encostou-se na parede, quase dando o caso como perdido. — Pode ser uma merda para você, mas, para a mãe solo, é dez vezes pior. O peso é sempre maior para a mulher. Ela que vai carregar na barriga e é pra ela que vão apontar na rua. Ela que vai ter que parar a vida dela por meses.

— Eu sei! Sei disso! — gritou Fernando, e todo seu corpo era terremoto, força bruta. — Mas meus pais vão me destruir. É deles que eu tenho medo. Deles!

— Chega! — exclamou Miguel, e engatinhou, se ajoelhou entre eles e abriu os braços, tentando amenizar a situação. — Vocês precisam se acalmar. — Sentado nos calcanhares, Miguel encarou Helena e colocou a mão sobre a dela. — Nervosa assim, você pode ter outra crise de ansiedade. — Então colocou a outra mão sobre o ombro de Fernando. — Ficar desse jeito aqui dentro não vai te ajudar em nada também. Tenta esfriar a cabeça.

— Que se danem as opiniões de vocês! — Fernando se mexeu de um jeito que fez Miguel cair para trás. — Vocês nem me conhecem!

Encostado em um canto, Fernando chorava contido. A pressão dos recentes acontecimentos estourou as represas que ele havia construído para se manter de pé. Do lado oposto, Helena tentava respirar; seu corpo estava agitado, como se tivesse sido atingido pela onda de choque do medo de Fernando.

— Gente, pelo amor de Deus. — Miguel suspirou. — Vamos nos acalmar e parar de descontar nossas dores uns nos outros? A gente só vai piorar a situação toda.

— Eu tô cansada — disse Helena, repousando o rosto nas mãos e depois encontrando os olhos de Fernando. — Desculpa se exagerei. Nem te conheço mesmo. Não sei nada da relação de vocês dois, muito menos como é com os seus pais. Eu só estou realmente cansada. Exausta porque os sentimentos das mulheres nunca são prioridade.

— Tudo bem — concedeu Fernando, e estendeu a mão para pegar outro lenço de papel oferecido por Miguel. Depois de secar as lágrimas, continuou: — Acho que mereço ouvir tudo isso. A questão é que você tá certa, mas meus pais ainda vão me deixar louco. — Fernando amassou o lenço com força, cruzou as pernas e inclinou-se para a frente. Suspirou fundo. — Vocês não têm noção da bagunça que eles fazem na minha cabeça. Minha mãe principalmente. Eu me sinto... um planejamento, saca?

— Mas, Fernando, olha só — Helena olhou para as mãos dele, especialmente para o lenço amassado, lembrando-se de quantas vezes havia feito a mesma coisa —, pais não são pais se não ferram com a nossa saúde mental, né? Eles sempre acham que estão fazendo o melhor, mesmo quando estão só piorando a nossa situação.

— Minha tia é bem legal comigo, no geral — comentou Miguel, guardando o resto dos lenços de volta na mochila. Encostou a cabeça na parede, olhou para o teto e sorriu ao lembrar-se do calor do abraço de Lourdes. A saudade dos bons tempos quase o sufocou. — Acho que a gente se entende por termos obviamente as mesmas origens e, além disso, sou gay e ela, lésbica. Sinceramente, sei lá o que teria acontecido comigo se ela não tivesse decidido me criar.

— Vocês são mais amigos que mãe e filho, né? — perguntou Helena, e virou o rosto para encarar Miguel mais diretamente, procurando o olhar dele, que ainda estava no teto. — É uma relação diferente.

— É — disse Miguel, sentindo o peso daquele olhar, e então encarando Helena de uma forma terna. — Posso dizer que somos amigos.

Será que alguém trata um amigo do jeito que você tratou a sua tia, Miguelzinho? Hmm...

— Eu que não fui muito legal com ela recentemente — confessou, com um suspiro triste.

— Com os meus pais não é assim, não, mano. — De pernas cruzadas, Fernando começou a brincar com os laços dos tênis. Não queria encarar Miguel, porque não sabia como lidar com a ponta de inveja que sentiu daquele relacionamento. — Na real, minha mãe é mais casca grossa. Ela me trata como a porra de um projeto pessoal. Tenho que fazer o que ela quer, quando quer e como quer. Se não faço, me chama de ingrato. É quase como se a minha falha representasse a falha dela, sei lá, é bizarro.

— Mas você já tentou conversar com ela, amore? — Miguel colocou a mochila atrás de si para se acomodar melhor e esticou as pernas. Depois, estalou os dedos para chamar a atenção de Fernando, que olhou para ele. Continuou: — Na terapia, minha psicóloga me ajudou a perceber que muitos dos meus problemas estavam aqui, ó. — Bateu de leve o indicador na testa. — Na minha cabeça. Pode ser que você não entenda direito o que eles esperam de você e, na tua cabeça, você aumenta as coisas. Conversa com eles.

— Conversar com eles? — indagou Fernando, esticando as pernas como se quisesse chutar o mundo e olhando para Miguel quase com ódio. — Olha, com os meus pais, não tem meio-termo. Foram os primeiros da família a ir pra faculdade e a ter casa própria, carro legal, empregados, viagens internacionais, saca? Isso representa tudo para eles, principalmente para a minha mãe. Ser mulher e preta nesse país e conseguir tudo isso é como ganhar na loteria duas vezes.

Pegou uma linha solta da costura da calça e ficou brincando com ela, porque era difícil admitir em voz alta aquelas coisas. Encarar Miguel e Helena requereria um esforço descomunal. Nunca havia conseguido se abrir de uma forma tão direta com alguém. Nádia via mais a parte dele que tinha medo e queria desafiar os pais; não as camadas mais profundas e complexas daquela relação de cobrança.

— Por causa disso — continuou —, acho que agem como se eu fosse uma extensão dessas conquistas e impõem para mim os padrões deles. Mano, eu só queria ter uma vida *normal*. Poder ficar de boa. Não quero ser médico. Não quero ser o maior em tudo, saca? Não é esse o meu objetivo.

Levantou os olhos e relanceou o rosto de Miguel e de Helena. Depois, sorriu, feliz por poder admitir seu desejo com um sentimento positivo, tão diferente do que acontecia quando abordava o assunto com a mãe.

— Queria é ser fotógrafo. Registrar o jeito como vejo o mundo, imortalizar momentos. Quando eu consigo uma foto maneira, daquelas que você só tem uma chance para conseguir, saca? Um beija-flor levantando voo. O sorriso espontâneo de um moleque. São esses momentos tão banais da vida que eu gosto de registar. Eu até me arrepio de falar sobre isso. — Ele mostrou o braço aos outros. — É o que me motiva. — Levou as mãos à frente do rosto e tirou uma foto dos dois com sua câmera imaginária.

— Fotógrafo? — perguntou Miguel, e mandou um beijo para a câmera de Fernando, que, continuando com seus cliques, ajoelhou-se na frente de Helena para tentar arrancar um sorriso. — Desculpa, amore, mas você não tem a menor cara de fotógrafo.

— Ué? — Fernando voltou ao seu canto e abriu um sorriso sarcástico para Miguel. — Não era você que não gostava de ser julgado pelas aparências?

Os dois riram e olharam para Helena, cujo sorriso silencioso e triste trazia quase uma dor física.

— Você não devia abandonar o seu sonho por causa dos outros — falou ela, esforçando-se para não se deixar afetar por uma verdade que não aplicava a si mesma. Então, suspirou fundo e continuou, baixinho, sem encarar Fernando para não chorar: — Você não pode desistir de ser fotógrafo. Não mesmo. Abrir mão do que a gente gosta é uma das piores dores do mundo.

Ao dizer a última sílaba, sentiu a garganta travar e queimar. Nem teve tempo de tentar se proteger, porque as lágrimas invadiram seus olhos sem pedir licença.

6. estrela

Já contei duas histórias de nascimento. Vamos à terceira e última.

A gravidez de Magali foi complicada. Nada saiu do jeito que planejara. Queria menino, veio menina. Queria parto normal, foi cesárea.

Duas semanas antes do esperado, foi enfiada no carro por José e levada às pressas para a maternidade.

Nome. Nome da médica. Endereço. Convênio. Alergias? Problemas com medicamentos? José perdeu o fôlego ao acompanhar a esposa, que era levada na maca pelos corredores. Precisava continuar na presença dela, ouvir seu grito, ter a certeza, com seus ouvidos e olhos, de que ela sobreviveria. Queria a mão da esposa, não sabia que seu desespero vinha de não saber funcionar sozinho. Não ainda, pelo menos.

Na sala de parto, Magali observou preocupada a cara da médica e das enfermeiras. Adivinhou, pelo arco nas sobrancelhas do marido, que algo inesperado ocorrera. Pensou no pior, porque não ouvira o choro. O bebê morrera? Tentou externar sua preocupação, mas foi interrompida por aquilo que viu nas mãos enluvadas e cobertas de sangue da doutora Cecília, a médica responsável pelo seu parto.

A iluminação e o cansaço desfocavam o contorno das coisas, mas Magali enxergava um neném, que mexia os braços e as perninhas, como se nadasse, dentro daquela coisa transparente e brilhante.

— Parto empelicado — explicou Cecília com uma voz aveludada e tranquilizadora. Passou as mãos pelo saco amniótico para que Magali pudesse ver a filha dentro. — É muito raro. Um em cada oitenta mil. Você sabe o que significa?

Magali nem respondeu: o lado de dentro de seu útero estava do lado de fora de seu corpo, com ela e a filha misturadas por mais alguns segundos. Observou, preocupada, as lâminas brilhantes da tesoura cortarem a película.

A menina chorou pouco e baixinho, miando um pedido de desculpas por ter incomodado o mundo e por estar com saudades da escuridão, do nada, da barriga de Magali, onde poderia continuar adormecida no esquecimento.

— É uma bela menina. — Cecília pegou o neném daquele jeito que só os muito experientes sabem fazer e colocou-a sobre o peito da mãe. — É um bebezão. Já escolheram o nome?

Magali encarou José, mudo, engasgado com a emoção que ricocheteava entre seu céu da boca e seu coração, e depois deixou seu olhar descansar sobre a neném, tentando entender o jeito como a luz parecia se aninhar sobre a pele dela.

— Helena… — respondeu, com a filha nos braços, sorrindo, embolada entre a taquicardia e as lágrimas que teimavam em brotar. — Minha menina é luz. O mundo também tem que saber disso.

Helena era uma estrela.

•

Helena cresceu rejeitando qualquer brilho, pois estar, participar, bastava. Além disso, não queria muito da vida, apenas ser e nadar: dissolver-se no cloro ou no sal. Na piscina, se perdia – e era aí que se encontrava.

— Por que essa menina tá em casa? — perguntou José, abaixando os óculos escuros e ajeitando-se na espreguiçadeira em uma tarde qualquer de verão. — Não devia estar aprendendo alguma coisa? — insistiu, tentando expressar à mulher a frustração que se instalara havia alguns meses em seus ossos. — Mente vazia, oficina do diabo.

— José! — retrucou Magali, brava por ter perdido o parágrafo que lia no artigo de psicologia. — Ela só tem cinco anos. — Tomou um gole de seu vinho e observou a filha na água, jogando gotas brilhantes para cima. — Deixa a Helena aproveitar a infância em paz.

— Não quero ela em casa o dia todo — impôs José, levantando-se e pegando a toalha sobre a qual estava deitado. — Ela precisa se desenvolver.

Jogou sobre a mulher um olhar que carregava todo o seu desprezo e alfinetou:

— Depois, vai virar uma dessas meninas desocupadas que tem aos montes por aí... Deus me perdoe. — Ergueu as mãos e foi em direção à sala. — Ou vai se engraçar com um desses bandidinhos de bosta que tocam o terror e depois ficam pedindo psicóloga e direitos humanos.

O ódio subiu pela garganta de Magali em forma de azia. Fazia quantos meses que José se tornara sua indigestão? De uma hora para outra, o marido, advogado, passara a ver nela, psicóloga, uma afronta à moral e aos bons costumes que ele tentava defender nas aulas de direito criminal que dava na faculdade. Naquela briga, Helena era usada para incriminá-la.

Na semana seguinte, rendeu-se. Para evitar mais conflitos e conseguir respirar, matriculou a filha em todos os tipos possíveis de atividades: idiomas, dança, artes, matemática, ginástica e natação.

Helena, maleável, adaptável, macia como a ansiedade que começou a se manifestar adiposamente ao redor de seu corpo, descobriu a resposta sozinha: não se sentia livre e não brilhava nos *can I* das aulas de inglês ou nas sapatilhas de ponta do balé, mas na intimidade da água, no seu saco amniótico particular.

Helena brilhava na água. E a água parecia ajudá-la a brilhar ainda mais.

Na adolescência, seu corpo despontou. A saúde, que se exprimia nas bochechas rechonchudas e na barriguinha saliente, explodiu em altura e peso. Aos quinze anos, era a Alice gigante do País das Maravilhas, destruindo a toca do pobre coelho, mas com uma diferença: Helena não se via como uma aberração, como a personagem do clássico.

Até um dia.

Depois de completar suas cem chegadas, apoiou-se na borda, impulsionou o corpo e saiu da piscina. Ao tirar os óculos de natação, notou a forma como o professor gesticulava e reconheceu certa impaciência nos passos da mãe, que não parava quieta na frente do vestiário. Sem saber se estava curiosa ou com medo, Helena pegou suas coisas e foi em direção a eles. Não estava preparada para o silêncio pesado que a soterrou ao aproximar-se.

— Filha, vai passar uma água no corpo, vai? — pediu Magali, sem encará-la, como sempre fazia quando estava aflita. — Só tô terminando de resolver uma coisinha aqui.

Helena, então, escondeu-se no canto da entrada, onde não podiam vê-la. Era sério. Queria saber.

— Você precisa controlar a alimentação dessa menina — disse o treinador, e mostrou para Magali a planilha onde mantinha os tempos dos alunos. — Olha só. — Apontou para a linha com o nome de Helena. — Ela é uma ótima nadadora, mas o rendimento tá caindo drasticamente por causa do peso.

Como se tivesse levado um soco, Helena cambaleou para dentro do banheiro. Parou na frente do espelho de corpo inteiro que ficava entre os armários de metal e o encarou como se fosse um inimigo.

Passou a mão sobre o maiô e notou como ele havia parado de se assentar graciosamente sobre suas formas. A *lycra*, faminta e feroz, apertava suas carnes.

Despiu-se. Notou, horrorizada, as marcas vermelhas das costuras. Chegou mais perto.

Reparou na diferença entre os seios – o esquerdo, mais para cima; o direito, meio torto, meio triste: inadequada.

Se perdeu nas aréolas, enormes, que anunciavam em seu marrom-escuro: inadequada.

Desceu as mãos pela barriga e descobriu os pneus, as dobras que se assentavam, irredutíveis, sobre sua cintura: inadequada.

Virou-se de costas e perdeu-se no campo minado que eram os glúteos e as coxas, na linguagem em braile que formava a única palavra, aquela que preenchia sua mente e agora gritava sem parar: inadequada.

Afundou os dedos na banha macia que cobria sua barriga. Como assim? Como passara tanto tempo sem reconhecer aquelas partes do corpo?

Precisava arrancar aquela gordura à força. Aquela capa mole e flácida, que não incomodava até poucos minutos antes, de repente estrondava como uma tragédia e reverberava em seu reflexo como uma limitação: era um parasita que minaria sua autoestima e talento enquanto permanecesse ali, sorrindo em curvas e zombando dela.

Recompôs-se como deu. Sua mãe reconheceu a diferença no som dos passos que anunciavam a decepção da filha, os quilos extras ecoando sobre o piso de cerâmica.

No carro, Magali evitou os olhos avermelhados de Helena. Distinguiu os fiapos de voz que pediram para mudar de clube.

— Por que, minha filha? — A voz de Magali tremeu. Foi pega de surpresa; não teve tempo para se preparar para aquela conversa.

— Só não me sinto mais bem aqui. — Helena mentiu. Aquela piscina era mais sua casa do que qualquer outro lugar.

Magali abriu a boca, mas não insistiu no assunto. Ela sabia. Conseguia ler as palavras do treinador sobre a pele da filha, como tatuagem.

— Você é incrível — disse. — Vai se dar bem em qualquer clube que decida treinar.

Helena não respondeu. Encarou as palavras da mãe como uma mentira. Ligou o rádio para finalizar o assunto. Nada a faria pensar o contrário naquele momento.

Helena sentia-se um excesso.

•

A partir daí, se isolou. Escondeu-se em seu mundo, entre o medo de olhar-se no espelho e os ataques de ansiedade que roubavam seu ar quase tanto quanto Evelyn Cavalcante, que invadira sua vida como uma... deusa.

Neste ponto, Helena já tinha percebido que seus olhos não eram capturados apenas por meninos. Sentia vontade de beijar a todos. De beijar o mundo.

Mas Evelyn era especial. Ela era alta, tinha cabelos loiros quase brancos e olhos azuis muito escuros, cujo tom se tornou a cor favorita de Helena. Para ela, os lábios de Evelyn pareciam ter roubado o vermelho de um pôr do sol de verão e eram a moldura perfeita para seu sotaque sulista, que enfeitiçava a gramática transformando *você* em *tu* de um jeito que era uma afronta a qualquer autocontrole.

Gravitava ao redor dela, escondida, em eterno estado de graça. Olhava para Evelyn como quem observa uma aparição, uma divindade, mas, por mais que sua gravidade a atraísse, Helena resistia, pois havia se convencido de que seu corpo não era digno de amor.

Passou então à guerra: greve de fome, dieta da lua, água energizada. Tinha que deixar de ser vista por seu tamanho, mas seus olhos não permitiam. Emagrecia, mas seu reflexo nunca se mostrava tão magro quanto ela desejava. Os quadris permaneciam largos demais, e os ombros de nadadora eram como montanhas no horizonte.

Largou a natação. Talvez eliminar as incontáveis chegadas semanais lhe garantisse as curvas discretas que tanto desejava; afinal de contas, um sacrifício, uma promessa faria com que algum ser divino se comovesse e transformasse seu corpo para que ela ficasse com a princesa no fim da história.

— Mas, filha… — espantou-se Magali, ao pegá-la na escola um dia. — Você ama tanto a natação!

— Quero me dedicar a outras prioridades. — Mordeu os lábios para segurar o choro porque, para ela, aquilo era o fim de um casamento com amor. — Talvez aprender italiano.

Helena tinha que encontrar outro saco amniótico para se proteger, então disfarçou-se. Deixou o cabelo crescer e aprendeu os truques de uma base bem aplicada.

Até o dia em que uma força misteriosa fez com que sua órbita atravessasse a de Evelyn. Como desgraça nunca vem sozinha, caminhava pelo corredor com uma menina. Eram risadas abafadas e olhares confidentes. Pareciam engolir tudo ao redor.

Perdida na maneira perfeita como Evelyn se movimentava, Helena nem entendeu o encontrão que deu na menina de cabelos vermelhos que acompanhava Evelyn.

— Sai da frente, baleia! — gritou a garota. Depois, olhou para trás, apontou e riu com uma boca enorme, apocalíptica, que tirou Helena do prumo.

Espantada, ficou parada no corredor, sentindo os efeitos em seu corpo, seu planeta. Será que tinha ouvido direito? Mas os ecos das gargalhadas a atingiam como tsunamis, e a risada de Evelyn, sincera e alta, se sobressaindo ao som de todo o resto, jogou-se sobre ela como um meteoro aniquilador e destruiu tudo em sua frente, porque a frase cuspida e os risos de escárnio se tornaram a trilha sonora de sua ansiedade, que dançava freneticamente ao redor dela.

No caminho para casa, quase afogada entre a falta de ar e a falta de chão, notou o céu escuro, quase grafite. Era um céu sério, que parecia querer revelar uma história, contar um caso triste.

Helena fechou os olhos quando a primeira gota de chuva caiu diretamente em seu rosto, pois sentia que era ela quem chovia sobre a cidade. Precisava do saco amniótico, então correu.

O cheiro forte de cloro e o gosto ardente invadiram Helena quando ela submergiu na piscina descoberta do antigo clube. Para ela, eram o cheiro e o gosto do amor. Uma braçada, respiração, outra braçada, respiração, e os pés batendo na água como um motor. No azul-turquesa, completamente diferente daquele dos olhos de Evelyn, ela era puro equilíbrio. Prazer. Entre uma chegada e outra, seu corpo se revelava uma obra harmônica, com curvas, ondas, arquiteturas e geometrias projetadas, precisas, perfeitas.

A ansiedade a aguardava, Helena sabia. Estava sentada na beira da piscina, observando-a, com os pés na água, displicentemente tomando algum coquetel colorido. Sabia que seus braços a envolveriam no momento exato em que saísse para o vestiário.

Porém, não naquele momento.

Naquele instante, Helena era o céu escuro.

E, juntos, se permitiram chorar.

7. paixões

— Abrir mão do que a gente gosta é uma das piores dores do mundo — repetiu Helena, e se encolheu contra a parede, com medo das próprias verdades, que chegavam em seu peito como um turbilhão.

Sabe uma coisa que traz identificação? A dor. Os humanos não racionalizam, mas de fora é muito fácil perceber isso. Quando um vê ou se percebe na dor do outro, o entendimento às vezes acontece.

— Por que você tá falando isso? — perguntou Fernando, e se inclinou na direção dela, interessado, pela primeira vez, em algo que não seus problemas.

Helena olhou para as próprias mãos trêmulas, e sua visão começou a perder o foco, a deixar a realidade para trás. Estava vindo de novo. Presa a ela por um fio de consciência, deixou-se levar pelo redemoinho de mais uma crise.

•

— Respira fundo — instruiu Miguel, com uma voz muito calma, sentando-se bem perto dela e a envolvendo nos braços. — Inspira. Isso. Agora expira.

Helena quase não estava ali. A voz de Miguel chegava como um eco, cada vez mais distante e inalcançável. Na verdade, não queria respirar fundo, nem se acalmar, mas sim que tudo acabasse, que seus pensamentos parassem de rodar e seu coração, de doer. Ela desejava que as coisas voltassem ao normal, exatamente como eram antes.

Queria que a mãe estivesse bem. Queria que sua fantasia com Evelyn não tivesse se tornado um trauma. Queria a época em que não olhava para o próprio corpo como um inimigo.

Mas isso tudo era antes de a ansiedade se instaurar em sua vida como uma melhor amiga. Taquicardia, suor excessivo, tremores, dores de estômago, dificuldades para respirar. Seus órgãos internos pareciam ter formado um nó. Sem saber como se defender, Helena fechou os olhos e deixou os minutos escorrerem por seu corpo.

As crises vinham se tornando cada vez mais constantes, mas era impossível se acostumar àquela devastação.

Aos poucos, percebeu um par de braços ao redor dela e um cafuné desajeitado em seus cabelos. Quando abriu os olhos, viu Miguel e Fernando encarando-a.

— Me desculpem — pediu, porque, se tinha aprendido alguma coisa na vida, era se desculpar mesmo sem ter por quê.

— Não precisa pedir desculpas. Acontece — respondeu Fernando de um jeito sereno, inédito para ela e Miguel.

— Você tá bem? — perguntou Miguel, afastando-se ligeiramente para poder observá-la direito. — Tá melhor?

— Um pouco dolorida — confessou, com uma careta, e se afastou da parede para esticar as costas. — Mas vou sobreviver.

— Claro que vai. — Miguel sorriu, e ofereceu a ela uma garrafa de água que tirou da mochila. — Essas crises maltratam a gente, amore.

— Quanto tempo eu apaguei?

— Uns dez minutos? — disse Fernando, olhando para Miguel em busca de confirmação.

— Talvez quinze? — corrigiu Miguel, esperando que Helena não se assustasse com o número. Depois, pegou a garrafa de água de volta e guardou na mochila. — Não mais que isso.

Helena apoiou as costas na parede de metal do elevador, pressionou a testa com as mãos e respirou fundo.

— Tenho sofrido com essas crises de ansiedade já tem um tempo. Não é sempre, mas, de vez em quando, elas me bagunçam inteira. — Ela colocou alguns fios do cabelo para trás da orelha. — Acho que o assunto foi um gatilho para mim.

— Qual assunto? — perguntou Fernando. Afastou-se um pouco dela, cruzou as pernas e encarou-a. — Sonhos?

— É. — Helena deu de ombros, querendo ficar pequeninha e fugir pelo vão da porta, porque não sabia se queria realmente falar sobre aquilo. — Me desculpa pelo incômodo.

— Relaxa, amore. — Miguel sorriu de forma afetuosa e engatinhou para a outra parede para poder vê-la de frente. — Não precisa pedir desculpas. Ansiedade é uma merda e aparece de surpresa. Se quiser, pode se abrir.

— A gente nem se conhece de verdade — disse Fernando, sorrindo, e tirou o celular do bolso e bateu na tela com o indicador algumas vezes. — Ninguém aqui vai fazer um *exposed* com os seus segredos. A gente ainda nem se segue no Twitter.

Helena riu pela primeira vez. Um riso pequeno e murcho, parecido com o miado que soltara ao nascer.

— É que... Sou a-pai-xo-na-da por natação e, por muitos anos, nadar foi a minha vida. — Suspirou, desanimada, e colocou as mãos sobre o casaco enorme que usava para esconder o corpo. — O lance é que não tenho o biotipo de quem é nadadora. Olha só.

Helena mordeu os lábios, fechou os olhos e abriu o zíper do casaco porque, pela primeira vez, teve vontade de admitir publicamente, de compartilhar o que para ela era motivo de vergonha.

— As pessoas olham e apontam pra mim, sussurram que não sou adequada, sabe?

Ela fechou o casaco e abriu os olhos. Encarou Miguel e depois Fernando, surpresa por não estar com os olhos marejados, surpresa pela coragem de se abrir. Suspirou e sorriu internamente, feliz com sua pequena vitória.

— Mas o que eu posso fazer? Tenho ossos largos. Tudo em mim é grande, espaçoso, indigesto. A parte da família do meu pai é toda assim. Feita de mulheres enormes. — Helena puxou as calças para conseguir cruzar as pernas e apoiou os cotovelos nos joelhos. — E acreditem em mim: sou boa no que faço, muito mesmo, sem falsa modéstia. Mas ninguém reconhece, porque parece que pra esse povo idiota o meu tamanho apaga as minhas qualidades.

— E daí que você é gorda? Será que isso é realmente relevante para você ou só é importante por causa dos outros? — perguntou Fernando, pegando uma das mãos dela e apertando com doçura, esperando sinceramente que ela refletisse. — Todo mundo fica nessa loucura de corpo perfeito, sempre à procura de uma porra de fórmula mágica que não existe.

— Ah, mas há um padrão do que é bonito, tipo, um consenso. Eu sei, vocês sabem, todo mundo sabe. — Helena soltou a mão de Fernando e voltou a encostar-se na parede, cruzando os braços em seguida como que para se proteger. Não queria fingir que o mundo era um lugar legal que aceitava cada pessoa do jeito que era. Sabia que era mentira. — E o pior é que a gente aceita se submeter a esse padrão que é praticamente inalcançável. A gente alimenta isso.

— Helena — disse Miguel, e estalou os dedos para chamar a atenção dela. — Não adianta *você* aceitar um padrão que não condiz com a sua realidade. Você própria já tem a resposta aí dentro de você. O problema é que a gente tende a ver corpos gordos com um olhar crítico, muitas vezes venenoso.

Ele engatinhou para o lado dela, sentou-se e a cutucou de leve com o cotovelo, tentando descontrair. Miguel tinha um sério problema em ficar parado por muito tempo. Continuou:

— Olha, pra começo de conversa, independente se você é grande e gorda por causa da sua genética ou qualquer outro motivo, independente do corpo que você tenha, se quer emagrecer ou se está satisfeita, você tem que se respeitar. E você ama nadar, não ama? Você é muito boa, não é? Por que abandonar isso?

— Vendo de fora, gente, é muito mais fácil. Eu sei, sei que parece um absurdo. — Helena expirou profundamente, como se o ar saísse de todo o seu corpo, ossos e carne. Encarou os dois por alguns segundos, pensando, procurando um jeito de demonstrar o abismo que os separava. — Mas você, Miguel... — esticou a mão na direção dele — é magro. E você, Fernando... — e esticou a mão na direção dele também — é musculoso. Pra mulher, a cobrança é muito maior. Pra esportista, então, nem se fala.

Ela se calou por um momento, enjoada com o gosto dos remédios, dos chás, de todas as loucuras que já tinha feito.

— O problema é que já tentei de tudo. Nem passar fome me faz emagrecer.

— Você não devia fazer isso, amore — lamentou Miguel, com um olhar triste, e pegou a mão dela, que estava fria e suada ao mesmo tempo, por conta da crise que a atingira.

— Mas ninguém me respeita do jeito que eu sou — falou Helena, e sentiu o calor da mão de Miguel na sua como um consolo, o que lhe deu um pouquinho de força.

— Se você começar a se respeitar, respeitar seus sonhos, respeitar quem você é, os outros vão virar só os outros — disse Fernando, e olhou para Helena com sinceridade no olhar, desejando que suas palavras fossem mágicas e mudassem alguma coisa na vida dela. — Sei que tenho um corpo malhado, que não sou julgado por causa disso. Mas a régua das pessoas me avalia por outras medidas. Mano, sou negro e minha família tem dinheiro, o que incomoda muita gente, por mais que elas não falem diretamente. E aí? Eu vou deixar de viver, de fazer o que eu quero, por causa de um bando de gente que não sabe nada sobre mim?

— Comigo é a mesma coisa, amore — disse Miguel, aproveitando a deixa. — Não sou musculoso nem rico, o que é meio óbvio! — Riu para aliviar o clima e esticou a perna, que estava dormente. — Mas as pessoas sempre acham diferenças que querem apontar como defeitos em você, sabe? É meio como, sei lá, uma validação escrota de superioridade. A régua que mede o padrão me perdoa por ser magro, mas me julga por ser gay e nordestino. E por aí vai.

— A gente não pode deixar o que ama pra trás por causa disso — insistiu Fernando. — Uma vez, a Nádia me disse que a gente é definido pelas coisas que ama. E eu concordo com ela. É uma parte nossa que só você vai ter.

— Sei que essa conversa não vai mudar o jeito que você pensa do dia pra noite, Helena. — Miguel abriu um sorriso solidário. — A minha psicóloga sempre diz que a mudança tem que começar de dentro pra fora, mas pensa sobre essas coisas. Ninguém conhece tua vida melhor que você; então, não deixa que os outros narrem tua história.

Na verdade, tenho objeções... Desculpa quebrar o clima, tá? Mas eu conheço a vida de vocês, sim, às vezes melhor do que vocês mesmos.

— É, pode ser — respondeu Helena, num tom baixo, devagar, com medo de bagunçar as palavras que haviam sido ditas com tanto carinho. — Vou pensar com mais calma nas coisas. É mais fácil na teoria do que na prática. Sei lá, de repente entrar em educação física mesmo no vestibular. É o que mais gosto e era minha primeira escolha, mas eu acabei deixando de lado por sentir que eu não me encaixaria.

— É isso aí! — disse Miguel, batendo palmas e, depois, colocando o braço ao redor dela em um meio abraço. — Você que é a dona do próprio destino. Mostre um grande dedo do meio para esse povo escroto!

Opa! Nem tanto. E eeeeeu? Eu me esforço tanto para intervir na vida de vocês! Porém, vamos seguir, senão eu vou interromper cada fala errada desse povo que insiste em deslegitimar meu trabalho.

— Mas e você, Miguel? — Helena olhou para ele de canto de olho e se ajeitou melhor em seu ombro, notavelmente mais leve, mais confortável. — O Fernando disse que quer ser fotógrafo, eu quero trabalhar com esportes. E você? O que gosta de fazer? — Ela cutucou de leve o joelho dele com o indicador. — Qual é o *teu* sonho?

— O *meu* sonho? — Miguel levou a mão ao peito, genuinamente surpreso por Helena ter se interessado por ele e feliz por poder falar sobre as coisas que gostava. — Ah, não tenho sonhos interessantes como os de vocês. São mais utopias do que qualquer outra coisa.

— Mano! Você não conseguia parar de falar um minuto e tá tímido agora? — implicou Fernando, que riu para ver se conseguia cutucar Miguel e arrancar o resto da conversa. Estalou os ossos do pescoço dolorido. — Que mudança, hein?

— Ai, Fernando, não seja besta. Estava quase gostando de você — disse Miguel, com um sorriso. — Como vocês podem ver — apontou para a mancha na barra da blusa —, trabalho em uma cafeteria. Paga bem? Como todas as redes de fast-food, é claro que não. Somos a camada mais baixa na cadeia capitalista que rege nosso mundo, mas é aquela coisa: como saí do ensino médio e não consegui entrar logo de cara em uma faculdade pública, e obviamente não tinha grana para entrar numa particular, precisei dar o meu jeito de ajudar em casa.

Revirou os olhos e fingiu limpar uma gota de suor imaginária.

— Mas, pra dizer a verdade, dos males, o menor: quando chego em casa, tenho tempo pra escrever. Que é o que mais amo fazer.

— Caramba! Que legal. — Helena se inclinou para a frente para poder olhá-lo diretamente, animada pela primeira vez naquela tarde. — Você escreve o quê?

— Ah, não é nada de mais. Não sou um escritor nem nada.

Miguel sentiu as bochechas corarem. Para ele, por mais que achasse que tinha capacidade, era muito difícil admitir aquilo para alguém.

— Ao menos, olha, sei lá... Não me considero um escritor, *escritor mesmo*. Escrevo porque gosto e crio as histórias que não encontro nos livros tradicionais, por assim dizer.

— Tipo? — perguntou Helena.

— Faço *fanfics*.

A pele de Miguel se arrepiou, e ele quase se escondeu no bolso da própria calça. Se coubesse ali, o faria. Sempre quisera conversar sobre aquilo, mas a vida com sua tia era silenciada pela falta de interesses comuns, e nutria uma ideia de que as pessoas ao seu redor não se interessavam no assunto.

— Posto tudo na internet.

— O que é *fanfic* mesmo, mano? — perguntou Fernando, e olhou para Miguel com curiosidade, sem qualquer traço da antipatia inicial. — Já ouvi falar, mas não lembro.

— Como vou explicar, amore?

Da barriga de Miguel, subiu uma onda gelada de espanto,

que esquentou e se derreteu em sua garganta. Estava feliz, orgulhoso, então sorriu e continuou:

— Bem, *fanfics* são histórias criadas por fãs sobre universos e personagens já existentes. Pode ser sobre artistas também, sabe? Pessoas reais.

— Isso não é plágio?

— Não, é mais uma homenagem. A gente não tá roubando a história original, mas criando uma pra podermos ler. — Miguel sorriu, se ajeitou no chão e colocou a mão sobre o peito. — Na verdade, pego os personagens e coloco em um contexto mais legal, por assim dizer.

— Como assim mais legal, Miguel? — perguntou Helena, abrindo um sorriso, adivinhando que vinha alguma coisa absurda. — Você está misterioso demais. Sobre o que é sua história?

— Ah, não sei se consigo contar.

Miguel bagunçou os cabelos e tampou o rosto com as mãos. Apesar de ter orgulho de seu trabalho, falar era difícil demais.

— Tenho vergonha.

— Ah, para! — Helena colocou a mão sobre o joelho de Miguel e o balançou com tanta intimidade que ela mesma se surpreendeu. — Vai falar da história, sim.

— Eu também tô curioso, mano! Pode contar. — Fernando estalou os dedos das duas mãos. — Vai, Miguel. A gente nem sabe onde você posta para ir lá dar uma conferida.

— Meu Deus, que vergonha — disse Miguel, com a cara ainda tampada.

Depois de alguns segundos, suspirou, descobriu o rosto e falou:

— Socorro, mas tá. Vou contar. Olha, cansei total de ver gays tendo um final que não quero para mim. Não quero ser alívio cômico ou morrer infeliz, credo. Aí...

Miguel fez uma pausa para juntar coragem.

— Quando eu lia um romance, sempre tinha que me colocar no lugar da mocinha ou imaginar que a mocinha fosse um mocinho, para me identificar, sabe? Essa insatisfação foi a chave para eu decidir botar a mão na massa e escrever o que eu queria ler.

Animado, ele riu e balançou o corpo.

— Foi daí que tive uma ideia muito louca, assim, muito louca no universo fora das *fanfics*, porque lá dentro bomba, mas é basicamente um romance entre Harry Styles e o Louis Tomlinson, da extinta banda One Direction, que Deus a tenha.

— O quê?! — gritaram Helena e Fernando ao mesmo tempo, e olharam um para o outro e depois para Miguel.

— É isso... Gosto de escrever, sou fã da banda, sou fã dos dois e, uma vez, tive um sonho erótico que, meu filho... foi pura inspiração! — Miguel deu de ombros, abafando uma risada com as mãos. — Basicamente, é isso. É a história deles depois que a banda acabou e eles seguiram caminhos diferentes, sabe? Os sentimentos que ficaram guardados e essas coisas.

— Meu! — falou Fernando, rindo. — Que imaginação. Parabéns!

— Eu nunca conseguiria pensar em uma história assim — completou Helena.

— Mas, amore, você não tem noção. — Miguel sorriu para Helena, sentindo uma onda de orgulho novamente. — As pessoas se identificam, sabe? Essa minha *fanfic* já tem um mi-lhão de lei-tu-ras, tá entendendo?

Esticou o indicador para representar a marca.

— Nunca achei que chegaria a tanto. No começo, postava um capítulo por vez, sabe, meio que só pra mim mesmo. Aí, começaram os comentários alucinados pedindo mais um, mais um e mais um. Era como uma droga, sabe, o pessoal dando sugestões, me apressando pra postar logo, e eu na pilha, cheio de adrenalina, abria o Word e enchia as páginas de palavras, frases e sentidos.

Miguel não podia ver, mas seus olhos brilhavam enquanto ele falava.

— O mais louco é que ninguém que me conhece sabe disso. Eu uso pseudônimo na hora de escrever. Mas, de alguma forma, mesmo não sendo ninguém nas minhas próprias redes sociais, tendo poucos seguidores e coisas do tipo, no meu pseudônimo milhares de pessoas amam o que eu escrevo. Se conectam com o que eu crio. E, além disso, essa história me completou de muitos jeitos diferentes. É difícil de explicar, mas é como se, por ela, eu tivesse conseguido me afirmar no mundo, cavar um lugar só pra mim, sabe?

Ele sorriu de um jeito sarcástico.

— É como se eu estivesse mandando o mundo todo se foder, porque eu existo e todo mundo vai ter que me engolir.

Riu de novo.

— Posso e *vou* ser o protagonista de uma história com final feliz. Mesmo que através dos meus personagens.

Miguel suspirou, perdido em seus sonhos.

— Mano, sério, acho que você devia se aperfeiçoar — disse Fernando. Ele colocou a mão sobre o ombro de Miguel. Fazia tempo que não tinha vontade de elogiar alguém, então queria que Miguel ouvisse e acreditasse. — Você tem uma mente *muito* fértil. Devia fazer um curso, sei lá. Tentar entender o mercado. Você tem força de vontade para conquistar tudo o que quiser.

— Sim! — concordou Helena, e seu sorriso saiu mais fácil e calmo. — Talvez até criar suas próprias histórias, por que não? O mundo merece receber o que você tem a dizer.

— Ah, isso é para o futuro — disse Miguel, sorrindo para ela em resposta, desejando que o amanhã fosse mais fácil para toda e qualquer pessoa que ama diferente do que a heteronormatividade prega. — Mas penso nisso, sim.

— E só pra deixar claro, você tinha dito que não era escritor. Só porque você posta na internet e ainda não tem um livro físico? — perguntou Helena, olhando para Miguel com carinho. — Você tira uma ideia da sua cabeça e transforma em algo. As pessoas amam. As pessoas te leem. Isso é genial. Isso é ser escritor. Não reduza seu talento.

— Assim como você faz? — Miguel riu, com leveza, e depois apontou para Fernando. — E você também, né, senhor fotógrafo?!

Imagino que você, lendo a história até aqui, não tenha dúvidas de que juntei os três no elevador por certos motivos. Como já confessei que sou o Destino desde o início, não tenho por que esconder.

Prendi os três, sim, porque precisava que eles aprendessem algumas coisas uns com os outros. Coisas que eu já tinha tentado ensinar e ajudar de um modo mais fácil, mas que eles, por medo, por aflição, ou qualquer outro sentimento, decidiram ignorar, seguindo suas vidas como se nada estivesse acontecendo.

Entretanto, como já estou no mundo há muito tempo e sei que não posso depender exclusivamente da vontade de vocês ou, no caso, *deles*, o que custava dar um empurrãozinho para que se abrissem um pouquinho mais?

Eu sentia cheiro de segredos no ar...

— Caralho! — disse Miguel, ao sentir o celular vibrar. Levantou-se em um pulo e ergueu o aparelho para o alto. — Tenho sinal. Uma barrinha.

Helena e Fernando também ficaram de pé, com seus celulares apontados para o teto.

— O meu continua morto. — Helena suspirou, sem animação. — Nada.

— O meu também. — Fernando bufou e colocou o aparelho de volta no bolso.

Frustrados, Helena e Fernando se amontoaram ao lado de Miguel para ver o que acontecia com o dele.

— Acabei de receber uma mensagem do meu namorado! — disse Miguel, sentando-se.

Fernando e Helena, sem esperanças de qualquer sinal de vida em seus aparelhos, sentaram-se ao lado dele, e acabaram lendo juntos a mensagem de texto:

Ainda está no café ou já foi para o hospital? Quer que eu passe aí para te buscar? O Paulo tem curso hoje, então consigo te ver. Que triste tudo isso! Quero muito poder te dar um abraço. A Lourdes é forte e vai sair dessa, tenho certeza. Estou morrendo de saudades. Te amo!

Antes que pudesse esconder a tela, todo mundo já tinha lido aquela mensagem. Miguel clicou no campo de responder, mas a barrinha de sinal sumiu antes de ele começar a digitar a resposta.

— Merda! Merda! Merda!

Miguel levantou-se de novo e ergueu o braço com o celular na mão, deu até três pulinhos, esperando que o milagre se repetisse.

Não precisa ficar bravo comigo. Em minha defesa, sei as coisas que já aconteceram e as que têm que acontecer. Passado, presente e futuro, dentro de mim, andam juntos e se confundem numa linha só. Assim, não leve para o lado pessoal quando ajo na sua vida com uma leve invasão de privacidade, porque às vezes tenho que cutucar um pouco.

Olha o caso desses três aí... Se eu não fizesse isso, eles não conversariam sobre tudo que eu havia colocado na minha pauta. É apenas questão burocrática.

Derrotado, Miguel guardou o celular no bolso, sentou-se e evitou os olhares de Helena e Miguel.

— Socorro — resmungou, procurando mudar de assunto para se proteger e não dar explicações. — Não aguento mais ficar preso aqui.

— Ninguém aguenta mais, mano. — Fernando deu de ombros.

Helena estava quieta, olhando para Miguel. Fernando acabou fazendo o mesmo. Os três contribuindo para o silêncio que caiu naquele espaço.

— Sei o que vocês estão imaginando — disse Miguel.

Ele bagunçou os cabelos, passou as mãos pelo rosto e voltou a encarar os dois. Não queria tocar naquela ferida dolorosa, mas não conseguiu domar a boca, que não aguentava ficar calada por muito tempo.

— Estão pensando que, sei lá, eu tenho um romance proibido, que sou o amante desse cara.

Sentiu as bochechas corarem e o peito se encher de uma sensação estranha, que beirava o alívio, mas chegava como culpa.

A palavra amante tinha peso maior em seu coração. Sua mãe fora amante do seu pai. Por causa dessa relação proibida, ele foi concebido e nasceu. Seu pai nunca chegou a assumir a mãe ou o próprio filho. Miguel fora abandonado pelos dois. Negligenciado. Deixado para trás. E, por causa disso, foi parar onde estava.

— Na verdade, é mais complicado do que parece. Podem me julgar!

Miguel olhou para o teto, confuso, fugindo novamente dos olhares, que repousavam, queimando, sobre sua pele.

— Nem ligo. Tá todo mundo na merda mesmo. Amo o César e sei que vamos ficar juntos.

Será, Miguel?

8. mentiras

Os dedos fracos e teimosos de Lourdes não a deixaram abrir a janela da sala. A lesão por esforço repetitivo insistia em devorar seus tendões e, na guerra pelo comando das mãos, ela continuava perdendo, afastada do trabalho e daqueles movimentos bobos, mas tão necessários.

Tentou novamente. Uma dor aguda subiu por sua espinha, cavalgou formigando até os pulsos e culminou no suor frio-quente que colou a blusa gasta à pele e confirmou a precariedade de sua vida: migrara da Bahia só para padecer de um desespero diferente.

Desistiu. Foi para a porta da casa. Uma brisa fresca lhe acariciou o corpo, que fervia de calor e frustração. Os olhos examinaram as nuvens escuras e pesadas que se aligeiravam no céu com a mesma urgência muda que se acumulavam dentro dela.

Precisavam chover.

Sentada nos degraus de entrada, perdida no déjà-vu da promessa que a empurrara na direção do sonho da metrópole, Lourdes tinha o mesmo tom cinza-desespero do céu e dos muros sem acabamento do bairro periférico e invisível onde morava.

Miguel não demoraria para chegar, logo tropeçaria nela antes de se trancar no quarto para prostituir o sono a fim de comprar o sonho: a vaga na universidade pública e mais milhares de leitura na sua história.

Sozinha em casa, sentia falta de falar com alguém, mas falar o quê? Sua vida era tão simples que não interessava nem a ela própria.

Com a cabeça encostada no muro e os pensamentos rolando como as folhas que a ventania arrastava pela rua, ouviu os passos pesados de sua grande companheira se acercando. A tristeza veio, calma, certeira, e se achegou com o mesmo cheiro de casa, de fuga e de falta, de falta de tudo.

Nunca duvidara da decisão de ter trazido o menino para São Paulo, porque a mesma cabeça-d'água que a empurrara para longe de casa afogara, nos meses e anos seguintes, a presença de Severina e Rogério, que nunca se importaram em procurar pelo filho. Nem notícia. Nem ajuda prática. Nada. O que seria de Miguel lá na Bahia, desamparado e metido até o pescoço no mangue da rejeição, do silêncio familiar, do abandono?

Ainda assim, os pulmões respiravam a frustração venenosa de poder oferecer tão pouco ao sobrinho. Para Lourdes, a vida era ingrata: ela estourava o corpo para sobreviver, mas o que lhe restava era a miséria, tatuada à força na pele e na alma, transformada em uma cicatriz que fosforescia a cada trinta dias. A cada pagamento, a pobreza chegava com sua incandescência de ferro em brasa e chiava, marcando-a como gado.

Os numerosos cabelos brancos e as rugas prematuras cravadas em seus olhos confirmavam que ela havia desistido de si, de seu futuro e de sua beleza para que Miguel pudesse ser em vez de existir, viver em vez de sobreviver. Se dependesse dela, ele teria uma família, uma profissão e um sorriso no rosto quando adormecesse.

Tudo o que Lourdes queria era que o sobrinho pudesse sonhar e amar.

Os sonhos dela foram tomados pelo sistema. E o amor tinha se perdido desde que chegara em São Paulo, pois colocara seus sentimentos no fim da lista de prioridades. Não tinha tempo. Não tinha energia. Mas sentia falta.

Um relâmpago cortou o céu, e um trovão estrondou quando Lourdes, protegida pelos muros de casa, viu Miguel no banco do carona de um carro que parou perto da esquina, inclinando-se e plantando um beijo rápido, com urgência de coisa secreta, nos lábios do motorista. Outro estrondo sacudiu Lourdes quando Miguel bateu a porta daquele carro prateado que ela conhecia *muito* bem.

Naquele momento eterno, o mundo tremeu dentro e fora dela, que desejou se apequenar, rezando para ir embora com a enchente que se anunciava no céu e sempre beijava a soleira em que ela estava sentada. Suas mãos formigavam, quentes, vivas, como se larvas roessem sua carne por dentro.

Miguel estacou no meio do quintal, imobilizado pelos olhos tempestuosos da tia, mais ameaçadores do que o céu.

— Oi — cumprimentou, tateando, tentando navegar aquele mar em tormenta, sem saber o *que* e *se* ela tinha visto alguma coisa. — O que a senhora tá fazendo aí?

Desviou da tia e entrou na casa com os olhos baixos e a respiração presa, tentando camuflar a felicidade como se ela fosse um crime.

Lourdes ficou quieta, engolindo a estática do ar e do corpo, dividida entre querer explodir e não querer acreditar. Enquanto via o carro indo embora, lembrou-se de Miguel pequeno, das fraldas, das papinhas, dos sorrisos, da felicidade que ele trouxera para sua vida.

Fechou os olhos, suspirou e deixou que o amor lhe amolecesse a alma e lhe vendesse uma breve promessa enganadora de que havia visto errado. No entanto, os dedos da desilusão se fecharam ao redor da garganta na certeza de que, assim que aquelas palavras saíssem de sua boca, a imagem se tornaria real e se afundaria na pele como chaga, como a dor mais profunda que jamais sentira.

A traição de Miguel.

Levantou-se e farejou o rastro do sobrinho até a cozinha.

— Como foi seu dia? — perguntou, esperando que a âncora da rotina a acordasse daquele pesadelo.

— Chato — respondeu Miguel sem encará-la, pegando água de um filtro de barro para tentar afogar a mentira. — Muito café. Muitos executivos e adolescentes que se acham no topo do mundo. O mesmo de sempre.

— Nada fora do normal? — instigou, no vão que separava a cozinha da sala. — Nenhuma novidade?

— Tia? Tá tudo bem? — Miguel, confuso e sem saber interpretar aquela acusação travestida de curiosidade, virou-se para encará-la. — Aconteceu alguma coisa?

— Não sei. Você que tem que me dizer. — A decepção e o medo subiram por seu corpo e ela vomitou, como se cuspisse o coração: — Eu vi, Miguel.

A voz de Lourdes tremeu com um quase arrependimento, mas a palavra estava lá, dita.

No chão, um precipício se abriu entre os dois.

Miguel suspirou fundo, baixou os olhos e caminhou para o quarto, desejando conseguir voltar ao mundo do antes, o mundo de antes de a verdade encharcar o corpo de Lourdes.

— Como pode isso? — perguntou ela, novamente farejando o rastro de Miguel.

Precisava cavoucar aquela desilusão até entender como ela nascera, para daí arrancar tudo, até as raízes.

— Você e o meu melhor amigo? — insistiu, e sua voz se elevara, trovoando com a chuva que, lá fora, começava a dançar pela cidade. — Ele tem mais de quarenta anos, Miguel!

— Tia, agora não é o momento. — Miguel largou a mochila sobre a pequena cama de solteiro. — Tô cansado.

— Quem diz a hora e o momento sou eu, seu menino besta! — Lourdes o segurou pelo braço, obrigando-o a encarar a tempestade em sua íris. — Então é isso? Você tá saindo com meu melhor amigo?

Juntou o resto da coragem para perguntar aquilo que ainda desejava que fosse mentira:

— Desde quando, Miguel? Desde quando?

Lourdes e César tinham se conhecido havia mais de quinze anos. Ele era coordenador do *call center* que erguera uma muralha entre ela e a carteira assinada por causa do seu sotaque carregado. Desesperada, sentou-se na escada depois da entrevista e chorou com a força da chuva que caíra quando Miguel nascera: sem aviso, sem dó, sem esperança. César vinha chegando do almoço e, distraído, pisou na pasta dentro da qual ela levava o currículo. O pedido de desculpas, misturado à identificação com a tristeza úmida e castanha que encontrara nos olhos de Lourdes, se transformou em um emprego e na amizade sincera que cresceu alimentada por suas fomes: ela com fome na barriga e ele com fome no coração. Juntando suas carências, construíram uma família.

Até aquele momento.

— Ele abusou de você? — soltou Lourdes, com medo do que pudesse ouvir. — Abusou?

As larvas que tinham iniciado o trabalho em suas mãos começaram a subir, sem pedir licença, por seu peito e rosto. Tudo queimava e formigava.

— Tia, não surta! Pelo amor de Deus! — explodiu Miguel. — Nunca teve abuso nenhum! Eu e o César estamos saindo tem nem três meses. Se lembra que já sou maior de idade?

— Como isso começou? — Sua mente simples precisava traduzir em coisas concretas o tamanho da traição, a profundidade da faca enfiada nas costas. — Hein? Como?

Esgotado, sem saber como responder, Miguel levou as duas mãos ao cabelo cacheado e sentou-se na cama. Lourdes colocou a mão no peito, assustada com o peso da constatação de que o sobrinho crescera. Em poucos minutos, ele passara do Miguel de fraldas a um adulto, carregando consigo um último resquício do passado em que os três haviam sido felizes sem surpresas e sem mentiras.

— Eu tinha tido um dia de merda, tia. Tinha brigado com um garoto com quem eu estava ficando e tudo mais e decidi ir num bar perto do trabalho.

Ele tentou enfrentar os olhos de Lourdes, que o encararam duros e frios como o rapaz nunca vira. Apequenou-se, então, em um Miguel à beira das lágrimas.

— Entrei e vi o César — contou. — A gente estava mal e triste, sabe? Aí, a gente conversou, bebeu um pouco, e acabou rolando.

— Acabou rolando? — repetiu Lourdes, incrédula, tentando navegar naquele mundo inédito e feio que o sobrinho lhe apresentava. — Você e o meu amigo, que tem mais de quarenta anos e que frequenta a minha casa há mais de quinze, estão dividindo a porra da mesma cama, e tudo o que você tem a me dizer é que acabou rolando? Ele é casado, Miguel! Casado! Tenho nojo de vocês!

Saiu do quarto rosnando a dor em todas as suas feridas, uivando o desejo de que Miguel voltasse a ser o menininho de antes, a criança, a coisa pura que ela trouxera consigo para que ele pudesse sonhar.

— O que mais você quer que eu diga? — gritou Miguel, afogado na convicção de estar certo e na vontade de não querer enxergar. — Ele tá se separando, pra começo de conversa.

— Você acredita mesmo nisso, Miguel? — Lourdes voltou para o quarto pronta para a guerra. — Sua mãe também acreditava em promessa parecida! Ela também confiou que seu pai se separaria da esposa para ficar com ela e aí a gente viu o resultado. Não é com um homem vinte anos mais velho que você qu...

— Eu não tenho culpa de você não ter vida! — interrompeu Miguel, cuspindo uma acusação que brotara como uma bomba nuclear só para machucar a tia, só para ofender, da mesma forma que ela fez ao citar a sua mãe. — Não tenho culpa de você não ter namorada, não ter ninguém. De ser uma mulher amargurada!

— O quê?

Os vermes eram muitos. Rosto, mãos, peito, estômago.

Miguel se levantou, forte, alimentado pela falta de reação de Lourdes, e se defendeu, enfiando e torcendo a faca no centro de todo o amor que ele sabia que ela sentia.

— É isso mesmo, tia! Você abdicou da sua vida por mim? — Riu e bateu palmas. — Muito obrigado, mas eu quero viver. Quero poder fazer minhas próprias escolhas. Quero poder decidir com quem transo sem que você meta o nariz onde não é chamada.

Lourdes não aguentou. Empurrou Miguel contra a cama com a força da febre que o formigamento impunha sobre seu corpo.

— Se não fosse por mim, você não teria ninguém, moleque. Todo mundo foi embora. Te virou as costas. Eu te salvei porque te amo. Mas essa ingratidão? Não, não. Essa ingratidão, você que engula, porque eu não vou engolir, não. — Apontou para a porta, encontrando forças sem saber onde. — Pegue suas coisas e vá para a casa de César. Seja muito feliz vivendo sua vida.

E foi para seu quarto, arrastando os pés em câmera lenta, rezando para que Miguel não lhe obedecesse e para que o abismo que se abrira ainda mais entre eles se fechasse. Estava arrependida das palavras, mas sua criação lhe impedia de engolir o orgulho. Ela não voltava atrás. Era uma rocha e morreria assim.

O barulho da porta da frente batendo foi afogado pelo estrondo de suas lágrimas caindo. Encarou a imagem do anjo Miguel na parede acima da cabeceira de sua cama e sibilou um pedido de perdão.

•

Fora de casa, Miguel sentiu as pernas perderem a força e se sentou em frente ao portão que o separava dos braços de César.

Não tinha mentido sobre como as coisas haviam começado. Ele estava mal, se sentindo carente, e encontrou em César uma carência parecida com a sua. De alguma forma, quando se beijaram, quando seus sorrisos com gosto de álcool foram entregues de um para o outro, as coisas pareceram certas.

As promessas de divórcio. As promessas de contarem a verdade para Lourdes. As promessas de viajarem para terem um tempo só deles. Miguel sentiu um buraco dentro de si. Será que era tudo realmente só promessa? Porque, de fato, a única coisa concreta que tinha nas mãos eram as mentiras que inventou para poder se encontrar com César.

A chuva desabava sobre ele de maneira inevitável e sincera, remediando um pouco a crueldade de suas palavras, alimentando-o com a esperança de que ele e a tia voltassem a morar em um espaço longe do precipício entre o dito e o não dito.

Encharcado, sentindo o trovão gritando dentro de seu peito, Miguel se viu, de uma forma bela e assustadora, misturado ao universo, dissolvido na atmosfera: o céu chorava suas lágrimas e Miguel chovia sobre o universo.

Dentro de casa, Lourdes, apoiada na cômoda, não sabia mais o que em seu corpo não formigava. Os vermes, as larvas haviam tomado seus músculos e suas veias e se espalharam como um cansaço, uma suspensão dos sentidos à qual ela não conseguia resistir. O ar faltou e a pele se cobriu de um suor frio parecido com orvalho.

— Acho que vou morrer — disse para o anjo Miguel antes de cair.

9. amante

— Quando sair daqui, eu e o César vamos resolver tudo — disse Miguel, mais para si mesmo do que para Helena e Fernando.

Sabe aquelas mentiras que, se você ficar repetindo, talvez se tornem verdades? Ele acreditava naquilo. Mas comigo não, baby. Eu sempre sei a verdade absoluta.

— Mano, é impressionante. Quando a gente tem culpa no cartório, entrega o jogo todo — comentou Fernando, que encostou a cabeça na parede, balançou-a algumas vezes e riu, achando graça por já ter feito a mesma coisa em outras ocasiões. — Miguel, olha só. Eu e a Helena lemos, se tanto, umas duas mensagens suas com esse César. Elas, sem contexto, mano, não significavam nada.

— Concordo com ele, Miguel. Você basicamente se entregou. — Helena ajeitou-se no chão, apoiou-se em sua mochila e encostou a cabeça de lado na parede, sorrindo. Depois, encolheu os ombros e cutucou: — Agora, vai ter que contar a treta toda entre você e esse tal César aí.

Miguel continuou mudo, remoendo a situação em sua cabeça. Realmente, ele havia se entregado e, naquele momento, se achava um completo idiota.

— Tá.

Pressionou as laterais da cabeça com os dedos, fechou os olhos e suspirou. Precisava desabafar com alguém, melhor que fosse com dois estranhos.

— É. Eu meio que fiz merda.

— Qual o nível da merda? — perguntou Fernando, e, para ficar mais confortável, tirou a carteira do bolso de trás, colocando-a em cima do celular, no chão. — Porque, olha, pelo que vi até agora, acho que fazer merda ou se afundar nela é um requisito para estar preso nesse elevador.

— Eu... — Miguel tentou sorrir, mas seu rosto, com vontade própria, escolheu fazer uma careta de culpa e tristeza, de quase choro. — Ainda não sei direito. O César é um dos caras mais especiais que já conheci. Ele é incrível mesmo, sabe? — Olhou para o teto, tentando acreditar no que dizia. — Tem um coração muito bom e genuíno.

— Isso é ótimo, não? — perguntou Helena, sorrindo, e apertou a mão dele de leve.

— É. É incrível. *Mas...*

— Sempre tem um "*mas*" nessas histórias.

Fernando surpreendeu-se por identificar o jeito de sua mãe em sua fala.

— Sua tia não aceita vocês dois? — palpitou Helena, ainda segurando a mão de Miguel. — É isso?

— Aceita, quer dizer, não, mas não por eu ser gay. — Miguel levou a outra mão até o peito, tentando conter seus sentimentos, que estrondavam como os trovões do dia anterior, quando a tia enfartara. — Ela é lésbica também, então meio que entende esse lado.

— Por que você ficou tão nervoso com a mensagem, então? — Fernando apontou para ele com o dedo indicador. Tinha um bom faro para encontrar fatos ocultos, porque era mestre em fazer isso. — Certeza que tem caroço nesse angu.

— Nossa! — disse Miguel, que revirou os olhos e surpreendeu-se ao sorrir. — Que expressão de velho, amore.

— Ah, mano. — Fernando esticou o pé e cutucou o tornozelo de Miguel. — Para de fugir do assunto.

— É mesmo, Miguel — disse Helena, tentando encorajá-lo a pular no abismo como ela havia feito pouco antes. Não havia resolvido a vida dela, mas tinha ajudado. Pouco, mas tinha. — O Fernando tá certo. Fala logo.

— Tá, gente!

Miguel suspirou fundo, procurando forças para pular. O precipício que havia se aberto entre ele a tia ainda estava grudado em seus pés desde a briga. Não adiantava fugir.

— É que o César é bem mais velho que eu.

Suspirou de novo, tentando encontrar um caminho para a verdade, mas se esquivou. Com a voz baixa, meio tremida, mentiu:

— Ele é meio que amigo da minha tia. Por isso, eu mantive segredo. Sempre soube que ela não lidaria bem com essa história.

— Mas é só isso mesmo ou... tem mais coisa? — Fernando chutou de leve o tornozelo de Miguel novamente. Ele havia desabafado sobre Nádia. Helena havia aberto o casaco. Era a vez de Miguel. — Tipo, quem é o tal Paulo lá?

— Paulo?

A barriga de Miguel gelou. Não esperava que eles houvessem lido tanto. Como enrolar? Como fugir? Sentiu o precipício devorando suas pernas, então pegou o celular para reler a mensagem.

— É...

— É — insistiu Fernando, dando o empurrão final nas costas de Miguel, que sentiu no estômago o frio da queda no precipício, sendo engolido por ele. — Na mensagem, ele falou de um tal de Paulo. Não precisa ter medo de se abrir pra gente.

— Ah.

Miguel parou, tentando encontrar as palavras, que haviam desaparecido no vazio. Contar a história seria admitir sua culpa, então respirou fundo e começou:

— Bem, é que... o César tá se separando. — Miguel respirou fundo mais uma vez, triste por notar que a história parecia pior em voz alta. — Os dois ainda moram juntos. É isso!

Miguel jogou as mãos para o alto, fechou os olhos e balançou a cabeça, nervoso, com medo de que o precipício fosse ainda mais fundo. Para não se arriscar a saber, partiu para a defensiva:

— E olha, nem ligo. Podem apontar seus dedos na minha cara e me chamar de puto mentiroso! Não tô nem aí. Tô apaixonado, ok?

— Ih, Miguel. Para — disse Helena, e apoiou a mão no ombro dele. — Ninguém vai te julgar. Quem de nós tá lidando bem com os próprios problemas?

— Eu sei, eu sei, amore. — Miguel encarou Helena, meio sem jeito, mas precisando desesperadamente de sua vez no confessionário. — É difícil admitir, mas o lance é que menti. Pior, menti pra *minha tia*... — Suspirou e olhou para cima, vendo o teto tremer por trás das lágrimas que tentavam brotar. — Me deixei levar por um sentimento, me envolvi. Odeio mentiras, mas não contar pra minha tia era ter o César por mais um tempo.

Miguel coçou as pálpebras para impedir o choro.

— Eu e minha tia, a gente se dá muito bem, mas temos vidas muito diferentes. Com o César, eu conversava sobre história, filosofia, literatura, arte... — Suspirou novamente e pegou na mão de Helena como se ela pudesse impedir que ele afundasse ainda mais. — Estar com o César me fazia sentir menos sozinho. E aconteceu tão por acaso. Nunca olhei para ele com segundas intenções. Nunca. Até três meses atrás, ele era o amigo da minha tia, *nada mais*. Só que... Minha vida estava tão ruim, e a gente acabou se envolvendo...

— Mano, você não tá com esse cara simplesmente por carência?

Vixe... pegou no ponto fraco.

As palavras de Fernando desabaram sobre Miguel, jogando-o ainda mais para o fundo da culpa do qual queria fugir. Em poucos segundos, foi tomado pela mesma agressividade da discussão com a tia.

— Como assim só por carência?!

Miguel se afastou um pouco de Fernando para olhá-lo melhor. No fundo, sabia que ele estava certo, mas não estava pronto para concordar.

— Tenho dezoito anos, sou maior de idade — defendeu-se. — Sei bem o que tô fazendo, amore.

— O cara ainda mora com o marido. E quando ele vai sair de lá? — perguntou Fernando, aceitando o desafio do olhar de Miguel, sério. — Pelo visto, nunca, né?

— Mas, Fernando... — Miguel bufou e olhou para o teto, derrotado pela pergunta. — Já disse. O César tá se separando. Não finalizou o processo ainda. Essas coisas não são assim, num estalar de dedos.

— Mas, Miguel, olha só. — Fernando balançou a cabeça em negação e ficou encarando o *All Star* de Miguel. — Esse tal César tá se separando há quanto tempo exatamente?

— Sei lá, sei lá. — Miguel cruzou os braços e bufou como uma criança mimada. Detestava se sentir encurralado, principalmente quando era forçado a enxergar o que ele não queria ver. — Quando a gente começou a se envolver, ele já estava nesse processo. Uns três meses, talvez.

Miguel interrompeu a fala e levou uma mão ao peito. Seus lábios permaneciam abertos em um espanto congelado, pois aquelas palavras dançaram de uma parede à outra e o atingiram com uma pontada indigesta no coração.

— Eu e ele não nos damos mais bem — dissera César, naquele primeiro encontro no bar. — Muita briga por motivos bestas. Acho que a nossa relação desgastou.

Miguel se deu conta de que, na verdade, nem sabia ao certo os motivos que fizeram César e Paulo entrarem nesse possível divórcio.

Deixou seu olhar passear por Helena e Fernando, que o encaravam, e, naquele momento, o mal-estar que se espalhou por suas fibras confirmou que ele havia chegado ao fundo do precipício. Eles estavam certos, mas ele continuava sem querer acreditar.

Peço desculpas, mas temos que falar deste assunto. Vocês *sempre* sabem. Se não sempre, *quase* sempre. Lá no fundo, naquele lugarzinho que vocês não gostam de visitar, está escondida uma voz bem fraquinha que sempre mostra o que é sincero e real e o que não passa de belas espirais de fumaça, que somem sem deixar rastro. Assim, repito: vocês *sabem*, só que, na maioria das vezes, é mais confortável acreditar na mentira que criam para se proteger. Fingir dói menos. Mas só por um tempo.

— Olha, vocês não entendem — declarou Miguel, que fechou os olhos e desejou desfazer o enfarte da tia e desaparecer sem deixar qualquer marca sobre a face da Terra.

César tinha dito inúmeras vezes que estava apaixonado por ele. Que tinha acontecido de repente. E, não que Miguel fosse uma criança inocente, mas se sentiu um idiota por ter acreditado nele todas as vezes apenas porque queria alguém para ocupar a carência do seu coração.

— É verdade, Miguel. A gente não entende mesmo — falou Helena de um jeito sincero, como se esticasse a mão para ajudar Miguel a sair daquele lugar escuro e triste onde havia se metido. — E a gente nem precisa entender, porque o relacionamento é seu. Na real, cada relacionamento é único e é complicado de um jeito específico. — Ela suspirou e deixou as palavras saírem, pois também queria sua oportunidade para vomitar mais verdades: — Meus pais, por exemplo. Tá na cara que não se amam mais, mas não se separaram. Já até desisti de entend...

— Helena! Olha só! — interrompeu Fernando, e bateu a mão na coxa direita, irritado. — O cara tá enrolando ele! Sério! Sou homem. Sei como essas coisas funcionam. — Ele esticou o dedo indicador, apontou para si mesmo e continuou: — Até *eu* já inventei essa desculpa de "tô terminando meu relacionamento" apenas para ficar com outra pessoa. É clássico. Quando a gente quer terminar uma relação, a gente faz, saca?

— E eu? Eu sou o quê, Fernando? — Miguel falou alto e exaltado, batendo a mão no peito. — Ser gay não me faz menos homem.

— Mano, para. Não foi isso o que eu quis dizer! — Fernando esticou as mãos como se pedisse desculpas, tentando acalmar a situação. — O que quis dizer é: acredita em mim. O cara tá é te enrolando, te fazendo de trouxa. Vai se separar nada! Se quisesse, já estava separado faz tempo. Ele vai levar você e o marido pelo tempo que conseguir.

— Fernando, me poupe — respondeu Miguel, fugindo da verdade, pois admitir que ele estava certo era reconhecer que tinha brigado com a tia por causa de uma ilusão, o que doeria mais ainda. — Não é tão simples assim.

— E por que não? — perguntou Fernando, dando de ombros. — Por que não pode ser simples?

— Ah, eles têm uma *vida* juntos. Imóveis, alguns bens — explicou Miguel, fazendo-se de bobo de propósito e dando de ombros, porque era mais confortável. Ele nem sabia se eles tinham imóveis juntos mesmo. Agora se sentiu ainda mais idiota por nunca ter se aprofundado no assunto com César. — É muita burocracia. Demora.

— Mano, burocracia se resolve — disse Fernando, e, para se proteger, olhou para o teto antes de soltar a bomba: — Isso aí é hipocrisia, isso sim. Se quisesse, já tinha se divorciado. Tô falando. Vai por mim. Você merece coisa melhor.

— Ai, você nem conhece ele, amore. — Miguel bufou e foi se encostar nas portas para se afastar de Fernando e Helena. A verdade tinha se relevado para ele de uma forma tão clara que se perguntava como tinha deixado as coisas chegarem àquele ponto. — Na real, você nem *me* conhece! E eu não pedi a sua opinião.

— Beleza, então. — Fernando deu de ombros. — Só tô tentando te ajudar!

— Pois não me ajude!

— Quer saber? Vão se foder você e esse cara casado que você chama de namorado!

— Vai você e a sua namorada grávida!

— Chega! — gritou Helena sem pensar, contrariando sua personalidade silenciosa e observadora, que preferia a plateia ao palco cheio de holofotes em que as pessoas dançavam uma coreografia que ela não entendia. — Sério! Já deu! É uma merda ter que ficar ouvindo vocês falando sobre seus relacionamentos, quando eu nunca nem tive um de verdade e ainda sou virgem.

Miguel e Fernando, calados, levemente chocados, a encararam sem entender direito de onde aquela confissão viera.

— Essa discussão besta de vocês dois não vai chegar a lugar nenhum. Pode parecer bobo, mas pelo menos vocês sentiram o que é ter outra pessoa e sei lá o que se sente quando estão lá... — Helena bateu os dedos de uma mão na outra, simbolizando uma relação sexual. — Lá, sabe — insistiu e bateu novamente. — Quando acontece tudo. Cara, se essa merda de elevador cair, se a gente morrer, parto dessa pra outra sendo virgem. Completamente virgem.

— Como assim *completamente* virgem? — perguntou Miguel, e usou a boca e uma das mãos num gesto que significava sexo oral. — Nada? Nenhum...

— Não. — Helena balançou a cabeça negativamente e fechou os olhos. — Nem boquete nem nada.

— Nem pegou em um? — perguntou Fernando, invertendo a posição das pernas e se ajeitando na parede.

— Isso que é foda. Porque aos dezessete, parece que toda a nossa experiência gira em torno disso — respondeu Helena, dando de ombros e suspirando, desanimada. — Mas, se isso é importante para você, não, nunca senti um pênis de verdade, nem os seios de uma menina.

— Uau. — Fernando riu. — Você elevou os níveis de virgindade.

— Não ri dela, seu babaca — reclamou Miguel, até que virou os olhos abruptamente para Helena. — Pera aí! Você disse "seios" de uma menina?

— É, gente. Eu sou bissexual. E daí? — Ela jogou as mãos para o alto e então trouxe-as de volta ao colo, começando a cutucar as cutículas. — A gente tá no século vinte e um, mas nossa sexualidade continua sendo um assunto "polêmico". — A menina fez aspas com as mãos. — Tem tanta pressão sobre a porra da *minha* virgindade que nem preciso conversar com outras meninas pra saber que elas também se sentem assim.

— Também tem muita pressão em cima de homem, pra dizer a verdade — disse Fernando. Revirou os olhos e bufou. — Brocha pra você ver o que acontece. Em poucos segundos, a galera já tá sabendo.

— Sexo devia ser mais simples — continuou Helena, cruzando os braços. — Eu devia poder decidir, de boa e sem pressão, *como*, *quando* e *onde* quero transar. Com a pessoa do gênero que for, com preservativo gratuito do governo ou com uma camisinha com aroma de morango, agora ou daqui a dez anos, dentro de um carro ou num quarto de hotel. Afinal de contas, vou estar sozinha nessa hora. Quer dizer, vou estar com a outra pessoa. Mas a decisão vai ser só minha.

— Seus pais conversam contigo sobre isso? — perguntou Miguel. — Digo... Eles sabem que você é bissexual?

— Minha mãe sabe e é de boa. Tipo, não encaramos lá em casa como a grande revelação. Foi tipo, "ei, mãe, tá frio né? E ah, percebi que sou bissexual".

— Que incrível! — Miguel riu. — A vida de todo LGBTQIA+ devia ser simples assim.

— Pois é — concordou Helena. — Ela é psicóloga e nada retrógada, o que ajuda. Mas a gente não conversa muito sobre essas coisas. Na verdade, o que eu queria é que minha mãe fosse mais minha amiga, que ela me visse de verdade, sabe?

Helena encostou a mochila no canto, enrolou os cabelos, se deitou e cruzou as mãos em cima da barriga. Olhando para o teto, continuou:

— Queria que ela me visse como filha e não como paciente. Na real, eu sempre escuto os dramas dela. Aliás, eu *pergunto* sobre a vida dela. — Ela virou a cabeça para olhar para os outros dois e depois voltou a encarar o teto. — Só que, quando chega a minha vez, ela é muito didática, distante. Sei lá. Queria muito ter a liberdade de, depois de ouvir os problemas dela entre uma taça de vinho e outra, poder confessar que curti ver os meninos jogando futebol. — Riu e olhou para Miguel com cumplicidade. — Que aquelas coxas de fora me deixaram excitada. Que, naquele dia, me fizeram sentir um gelado na barriga e, bem, um *quente* também. Coisas do tipo.

— Helena, sua safada. — Miguel suspirou, fechou os olhos e sorriu como se estivesse sonhando. — Menina, nem curto muito meninos que parecerem héteros, mas, olha, nem eu resisto a alguns jogadores de futebol. Aqueles shorts esportivos são mesmo uma coisa de louco.

— Queria poder dizer que vi uma menina no metrô e que meu coração disparou e que senti vontade de beijá-la.

— Helena riu. — Sinto falta de me conhecer, de ir me descobrindo, sabe? E de poder expressar essas coisas como uma pessoa normal.

— Claro que sei — disse Miguel, que pegou a própria mochila e se deitou ao lado dela, em um ato de identificação. — Na real, tive poucas experiências antes do César, que foi o terceiro cara com quem transei. Só que tive a sorte de sempre sentir prazer porque me permiti descobrir o que eu curtia ou não. — Suspirou, esquecendo por poucos instantes que César era o motivo da sua mais recente angústia. — Mas acho que a experiência com César foi a melhor de todas, algo na paciência dele, não sei. Ele me olha de um jeito especial, me pergunta as coisas que eu gosto, se tá bom, se eu quero experimentar de outro jeito, e isso fez toda a diferença.

— "Como se" você fosse especial, não, bobo! — retrucou Helena, olhando para Miguel de canto de olho, e o cutucou com o cotovelo. — Você *é* especial. E o que ele faz não é mais que a obrigação dele. Tem que ser bom pros dois.

— Ai, Helena, você não sabe de nada. Ainda tá fora do mercado. — Ele soltou um riso triste, quase desconsolado. — Estamos na época das relações falidas, dos aplicativos de relacionamentos que nem chegam a começar, do sexo com alguém cujo nome você esquece enquanto ele ainda tá pelado na tua cama.

— Mano... — interrompeu Fernando. — É exatamente por isso que eu disse que talvez o seu namorado não se separe mesmo do marido dele.

— Meu Deus! — Miguel, sem querer voltar ao assunto, nem se deu ao trabalho de olhar para Fernando. — Não desiste, não? De novo com essa história?

Nada de fugir dos problemas, Miguel! Você já fez isso por muito tempo...

— Não vou desistir tão fácil.

Fernando sorriu e, em um impulso, foi se deitar ao lado deles, usando as mãos como travesseiro. Olhando para o teto, disse:

— Só quero te alertar, mano. Como você mesmo disse, ele tem muito mais experiência que você. E só tô falando porque não quero que ele te use, saca? As pessoas fazem isso o tempo todo.

— Eu sei, Fernando — disse Miguel baixinho, como se fosse um balão se esvaziando. — Sei mesmo.

— Você merece alguém que te olhe no olho e segure a sua mão sem mentiras — continuou Fernando, se apoiando nos cotovelos, e apontou para Miguel e, depois, para Helena. — E você também. — Deitado novamente, olhou para o teto. — Todos nós merecemos.

— Na real, tô aqui discutindo porque não queria aceitar isso. Quero dizer, o lance de ele não se separar. — Miguel tentou sorrir, mas não conseguiu. Suspirou, então, e pegou na mão dos dois como se buscasse força para falar. — Penso nisso *todo santo dia*, sabe? Mas é difícil. Difícil de cobrar alguma coisa. Ele me diz que tá se separando, mas será que, se ele me amasse de verdade, já não teria se separado ou, sei lá, apressado as coisas?

— O amor é complicado, Miguel. — Helena apertou a mão dele de leve, gostando de senti-la na sua. — Complicado demais.

— Acho que não — discordou Fernando, soltando a mão de Miguel, e se sentou encostado na parede para poder olhá-los melhor. — Acho que o amor é simples. Amar, sentir o amor, mano, é foda demais. As pessoas que complicam tudo.

— Fico me perguntando se algum dia, caso eu ame alguém, vou saber reconhecer. — Helena usou a mão livre para ajeitar os cabelos atrás da orelha, mergulhada em lembranças e em possibilidades. — Sei lá, não tenho experiência, mas me parece tão caótico: as pessoas se encontram e só descobrem que se amavam depois que fazem merda e que a coisa não tem mais volta.

Eles riram, sem saber que tinham resumido a jornada da vida: os seres humanos nascem e, daí para a frente, acertam, erram, perdem, ganham, às vezes aprendem, mas sempre tentam seguir em frente.

— É difícil — concordou Fernando, o primeiro a parar de rir. — São tantas coisinhas que, muitas vezes, a gente acaba sem saber se ama ou só gosta. Eu, por exemplo, gostaria muito de ser amado, de ser visto de verdade pelas pessoas.

— Ser visto de verdade? Você? — perguntou Miguel, que soltou a mão que Helena segurava e se apoiou no cotovelo para encarar Fernando. — Amore, você é um galã. Não tem como não te ver, Fernando, para com esse papo.

— Verdade — concordou Helena. Ela também se apoiou nos cotovelos e, depois, sentou-se de pernas cruzadas. Soltou um sorriso tímido, que saiu quase como uma desculpa pelo elogio inocente. — Fernando, você é muito bonito. É do tipo que chama a atenção quando entra nos lugares.

— De que adianta? — Fernando suspirou e deitou-se de lado, apoiando o cotovelo no chão e a cabeça na mão. — O problema são os relacionamentos.

Ele abaixou a cabeça e a balançou negativamente. Encarando o chão, continuou:

— Blé.

Mostrou a língua.

— Antes da Nádia, eu acho que as pessoas não me viam de verdade, como um cara de dezoito anos, com qualidades e defeitos. Era só a casca, saca?

— Fernando? — Helena sorriu e procurou o olhar dele, que foi do piso para o dela. — Olha, te conheço muito pouco, quase nada, mas a gente meio que tá julgando um ao outro com base nisso, né? No pouquinho que estamos revelando. Acho que todo mundo faz isso.

— Eu, por exemplo, recebi o selo Fernando de desaprovação por causa das minhas manchas de café aqui, olha — disse Miguel, também se sentando e apontando para a blusa. — Não tô sendo maldoso ou guardando rancor, não é isso. Só tô relembrando, amore.

— Foi mal, mano — pediu Fernando, erguendo a mão livre como um sinal de desculpas.

— Águas passadas.

— Águas passadas? — Fernando riu. — Depois eu que uso expressão de velho, né... *amore*?

— Ai, ai, ai. Parem vocês dois — reclamou Helena, e cutucou o joelho deles. — E você, Fernando, não foge do assunto porque não entendi direito.

Helena abraçou as pernas com os braços e descansou o queixo nos joelhos, olhando fixamente para Fernando.

— Nos teus relacionamentos, as meninas não te veem de verdade, é isso? — perguntou.

— Mais ou menos. — Fernando estava morrendo de vontade de desconversar. — Sei lá. É difícil de explicar.

— Tenta — insistiu Miguel. — A gente tá conversando. Brigando. Se xingando. Se abrindo. Pelo que vi até agora, ninguém se salva. A gente tá completamente ferrado.

— Ferrado, não — falou Helena, e olhou para o teto sorrindo. — Cara, a gente tá é fodido mesmo.

A risada deles ecoou pelas paredes de inox e chegou até Fernando como uma onda de alívio, que diminuiu um pouco o peso em seus ombros. Ele suspirou alto e olhou para o teto.

— Sei que sou privilegiado pra caramba. — Suspirou novamente. — Tenho tudo o que quero e tenho muito orgulho de quem sou. Real. O foda é que vejo que as minas, às vezes, me tratam diferente, sabe?

Fernando soltou um sorriso decepcionado, assistindo a uma sequência de milhares de lembranças em sua cabeça.

— Sei lá. Com meus amigos brancos, a dinâmica é outra, saca? As minas olham para eles e querem ter alguma coisa porque eles são legais. Fazem planos: namorar, apresentar pra família, casar, ter filhos e por aí vai. Comigo?

Fernando fechou a mão em um punho e começou a bater no chão levemente.

— Comigo, blé. As minas me olham de um jeito que tá na cara que estão me avaliando, tipo, como se fosse uma cartela de bingo: musculoso, bonito, rico, voz sensual, lábios grossos, mãos grandes... Uau! Esse deve ter pegada. A merda é que só percebi isso depois de várias experiências sexuais. Mano, e eu me sentia um lixo depois de transar com várias minas e nem sabia o motivo.

— Ai, que merda, Fernando — disse Helena, baixinho, e colocou a mão sobre a dele. — Sinto muito. Mesmo.

— Nossa, Fernando. — Miguel abaixou a cabeça, genuinamente triste por ele. — Nunca tinha pensado nisso.

— Tá tudo bem. — Fernando deu de ombros e olhou de relance para os dois. — Só é chato. Chato pra cacete. A merda é que, justo quando tinha me apaixonado por alguém que me via simplesmente como um cara de dezoito anos com sonhos, expectativas e medos, deu merda. E agora, a Nádia tá aqui, nesse hospital, e eu nem sei o que tá acontecendo, porque tô preso com vocês.

10. projeto

O conhaque desceu rasgando a garganta de Cecília, que tentava misturá-lo ao veneno que contaminava seu sangue para que pudesse digerir tudo mais facilmente.

Seus dedos, longos e magros, tremiam segurando o copo de vidro. Encarou-se no espelho da penteadeira. Fernando conseguira fazer o que ninguém mais fizera: colocara marcas profundas abaixo de seus olhos, que se abriam para o mundo em pequenas rachaduras.

Poucas horas mais cedo naquele mesmo dia, desceu do táxi e chegou no seu antigo prédio com duas malas de roupa e o coração renovado de energia. Havia passado três meses fora; um mês em um congresso sobre a saúde de mulheres negras na Europa, e os dois meses seguintes num projeto social de acolhimento a mulheres em situação de vulnerabilidade na Nigéria.

A recém-aposentadoria lhe dava espaço para estudar e se debruçar sobre os assuntos de que mais gostava. Queria que outras mulheres da sua ancestralidade dessem passos largos, como os que ela deu, em todo o restante do mundo.

Mas a alegria de Cecília foi corrompida em segundos, quando foi imediatamente chamada pelo síndico do prédio de classe alta onde morava.

— Sabe o que que é, Cecília... — dissera ele, com os olhos oscilando entre a vergonha e a acusação. — É que tivemos um probleminha com seu filho.

— Desembucha, Clóvis — pedira Cecília, segurando a porta do elevador, quase entrando. — Acabei de chegar de viagem. Estou exausta.

— Bem... — Ele desviara o olhar e decidira: — Vou mandar pro seu celular. É melhor.

Impaciente, Cecília revirara os olhos e entrara no elevador sentindo-se ainda mais drenada pelos pequenos aborrecimentos do cotidiano. Mal chegou e já estava com vontade de partir de novo.

No vigésimo andar, entrara em casa, jogara a bolsa na cama, despira-se e ligara o chuveiro para um banho quente e demorado.

Contra suas costas, o jato de água fervente fazia com que esquecesse os anos de vida em condições precárias. Aquele, na verdade, era o único momento em que se permitia deixar de ser mãe, esposa, médica. Em meio ao vapor, descobria-se apenas uma mulher cansada, acostumada a conviver com as próprias trevas.

Depois do banho, se enrolara em um roupão macio e pegara o celular. Respondera à mensagem do marido e ignorara o grupo dos amigos do hospital. Passando pelos nomes no aplicativo, encontrara o que o inconveniente síndico do prédio havia mandado. Clicou. A linha verde girara na frente do vídeo, que começara a tocar: quinze segundos, em preto e branco, que mostravam, claramente, seu filho transando na piscina do prédio.

Cecília não precisara repetir ou dar zoom, porque sabia que era verdade.

Ligara imediatamente para Clóvis.

— Quando foi isso? — disparara assim que ele atendeu.

O homem parecia escolher as palavras certas do outro lado.

— Tem a data no canto do vídeo, Cecília. Mas foi há pouco mais de três meses.

— Três meses? — Cecília quase se engasgara. Sentia mãos invisíveis apertando seu pescoço fino. — E por que você me mandou isso só agora?

— É que... A senhora estava fora e...

— E o meu marido, Clóvis? Por que não mandou para ele? — perguntara já sabendo a resposta. Falar com ele e com uma parede descascada daria no mesmo. Era ela quem comandava aquele barco em meio a águas turbulentas que chamavam de família.

— Cecília, achei que devia te avisar antes porque só você poderi...

Cecília desligara.

Começara a tremer. Por mais alto que fosse seu status, sentia aquele velho sentimento lhe mordiscando o canto da perna, arrancando suas roupas caras de seda e escancarando o que todos pensavam, mas tinham medo de falar. Independentemente de quanto dinheiro tivesse, continuava desprovida de classe.

Fora até a cômoda, pegara um cigarro dos maços de filtro vermelho do marido e parara em frente à janela. Com intimidade, baforara a fumaça sobre o chuvisco que regava a cidade cinza que chamava de lar.

Quando ouviu a porta do apartamento abrir, achava-se preparada, pelos três cigarros seguidos e pelas três doses quentes de conhaque que havia mandado para dentro do corpo, para o apocalipse que abraçaria as paredes da casa.

Arrastou-se até a sala de entrada e encontrou Fernando, que cambaleava até ela com um sorriso frouxo em seu rosto anguloso.

— Ah, oi — cumprimentou ele, sorrindo sem graça. — Quanto tempo! Não sabia que você voltaria hoje...

Seus olhos, dois riscos, estavam quase fechados quando olhou para a mãe.

— Você tá bêbado — Cecília acusou, seca, sentindo as ondas da vergonha reverberarem no seu colo.

— Tá tudo bem, mãe! — Fernando se virou e deu alguns passos na direção do corredor. — Só preciso tomar um banho.

— Não tá tudo bem nada.

A parte transparente do roupão se arrastou atrás dela, quase como se Cecília fosse uma assombração.

— Quero te mostrar uma coisa — falou.

Apertou o controle remoto e o celular. Na TV, a imagem de Fernando e Nádia na piscina: ela em cima dele, segurando em seus cabelos crespos como quem não quer morrer.

O rosto de Fernando caminhou entre o susto, o reconhecimento e um sorriso de choque.

— Quem te mandou isso?

— Você acha engraçado?

Cecília parou em frente à TV.

Fernando de repente se viu de novo mergulhado na água morna da piscina.

•

— Eu te amo. — Ele disse. Sua voz firme, aveludada, quase um riacho percorrendo o corpo de Nádia.

Era a primeira vez que dizia isso para uma mulher.

Era a primeira vez que sentia isso, um fogo, um incêndio, encontrando em sua paixão a gasolina perfeita para queimar seu peito.

— Eu também te amo — Nádia respondeu para ele, para as estrelas, para o céu noturno, para os deuses, para o universo.

Estavam nus, embalados por vinho, se tocando, irresponsáveis, apaixonados, irracionais.

— Eu quero essa vida, Nádia. — Fernando a puxou para mais perto. — Eu quero essa vida contigo. Eu adoro tudo em você. Seu jeito, seu sorriso, seu sarcasmo, o jeito que você fala "bonita" para qualquer ser vivo. Você me faz bem pra caralho! Vamos enfrentar o mundo juntos?

•

E então piscou os olhos, voltando à realidade. O mundo agora, materializado em carne e osso como sua mãe, parecia mais difícil do que na teoria.

— Não é como se eu estivesse fazendo algo que ninguém faz, né? — rebateu.

— Na piscina do prédio? — Cecília levou as mãos à cintura, incrédula. — Na minha vida, nunca vi essa falta de moral, Fernando.

— Não começa, tá, mãe?! — disse Fernando, subindo o tom, e jogou-se no sofá. — Já sei de cor o seu discurso. Vai dizer que não me criou pra isso e pra aquilo... Que me criou pra ser o melhor, pra ser digno, pra ser mé-di-co! — Seu tom ficou ainda mais alto e debochado. — Porra! E se eu não quiser ser nada disso? Não aguento mais essa merda de expectativa que você joga sobre mim!

— Já acabou? — Cecília cruzou os braços com frieza cirúrgica, como se desafiasse o filho para a guerra.

— Tô de saco cheio! — gritou Fernando em resposta. — Sou uma pessoa, mãe! Tenho desejos e vontades. Não sou a porra do seu projeto.

Veio o primeiro tapa.

Depois, o silêncio.

Fernando ficou com a boca levemente aberta, em choque, sentindo a ardência no rosto se alastrar como um maremoto frio-quente por baixo de sua pele.

— Mãe? — sussurrou, quase chorando. — V-você me bateu?

— Não fala xingando comigo e abaixa esse tom — ordenou Cecília, erguendo um dedo afiado como faca. — Graças a Deus que quem me mostrou essas imagens foi o Clóvis, que não tem nenhum interesse na tua *vidinha medíocre*.

Cecília andou de um lado para o outro da sala, sem saber direito o que dizer ou o que fazer.

— Fernando! Esse tipo de coisa pode acabar com tua vida, moleque. Você já imaginou a exposição que isso causaria? Você transando com umazinha qualquer na piscina? Todo mundo sabendo quem é Fernando Santana não pela tua competência, mas pela tua falta de responsabilidade, seu moleque idiota?

Ele abriu a boca para tentar se explicar, mas aí veio um empurrão. Cecília não permitiria que ele crescesse para cima dela ou tentasse argumentar o que não tinha explicação.

— Tua imagem circulando nos celulares dos teus amigos, da nossa família? Teu nome estampado nas redes sociais? — Levantou os braços, revoltada, e depois colocou a mão na testa. — Teu vídeo vazando pros meus colegas de trabalho? Virando piada na copa da empresa do teu pai?

Ela voltou a andar pela sala, sem rumo.

— Fernando, tudo que eu faço é pra que você consiga lidar com tua vida com orgulho, com eficiência! Imagina os olhares maldosos que a gente vai receber porque o meu filho transou com a namoradinha na piscina do prédio! Não tenho noção do que vai acontecer com relação a isso. Onde isso vai parar. Você sabe?

Fernando não estava preparado para o que ouviu. Seu corpo musculoso, de mais de um metro e oitenta, começou a tremer, entrando em erupção. As lágrimas escaparam com facilidade, como se estivessem acumuladas havia muito tempo e precisassem de liberdade.

— Mãe... A Nádia tá grávida...

•

Dois meses e poucos dias depois do episódio da piscina, Nádia estava nua, deitada em uma cama forrada de edredom branco, com pétalas de rosas espalhadas pelo seu corpo.

Fernando estava em pé, sem camisa, apenas uma calça de moletom caindo preguiçosamente abaixo do seu quadril, fazendo o v do seu oblíquo parecer um sorriso para Nádia. Ele segurava uma câmera profissional e fazia o que ele sabia fazer de melhor: imortalizar Nádia como a deusa que era.

Para Fernando, Nádia era Vênus. Afrodite. O sagrado.

Mas por dentro o mundo dela estava em ruínas.

— Fernando... — Nádia se sentou. Pétalas caíram do seu corpo. A lente enorme da câmera parecia um grande olho a encarando de perto, sabendo todos os seus segredos. — A gente precisa conversar...

— Agora não... — Ele não parava de fotografar. *Click. Click.* Passos. *Click.* — Deita de novo, amor. Já estou acabando.

— É sério...

— Amor, rapidinho...

— Fernando. Eu estou grávida.

E o mundo perfeito que Fernando construíra para os dois se destruiu.

•

— Mãe? Me perdoa? — implorou. — Amo a Nádia, mas não sei o que fazer, mãe... Não sei... Ela tá grávida... Ela me falou ontem... Eu... Me perdoa...

Cecília, afogada pelo peso daquelas palavras, afundou-se em um mar de culpa, decepção e desesperança, mas, mesmo assim, encarou o filho, que havia abaixado o rosto e segurava a cabeça entre as mãos. Naquele momento, Fernando era um animal ferido, sem saber onde encontrar abrigo.

— Olha para mim! — mandou Cecília, tentando processar o lamento do filho misturado ao fato de que ele havia crescido e podia ser engolido pelo mundo, qualquer que fosse a vontade dela.

Ela agarrou o rosto dele com ferocidade e obrigou-o a encará-la.

— Sabe qual é a diferença entre a sua amada Nádia e nada? Uma letra, Fernando. Uma merda de um I. Foi por isso que você arriscou jogar a tua reputação no lixo. É por isso que você vai desperdiçar um futuro brilhante, uma carreira que nem começou? Ah, não. Não vai mesmo.

Começou a empurrar com raiva o filho até o banheiro. Embalado pelo álcool, pela culpa e pelo medo, Fernando chorava uma melodia triste, com um final trágico que não tinha palavras para compor ou coragem para cantar. Estava preso no refrão, de uma nota só, um coro infinito de desculpas.

Já Cecília trabalhava em silêncio, furiosa, entregue ao ódio. Despiu o filho e jogou-o, quase com nojo, dentro do boxe. Vendo-o sem forças para permanecer em pé, entrou também e ligou o chuveiro na temperatura mais fria possível.

Embaixo da água, Cecília, implacável, segurava Fernando sob o gelo de sua própria culpa, de sua irresponsabilidade.

— Mãe? — repetiu ele.

Sua voz batia no fundo do precipício que Cecília havia se tornado e voltava em eco, voltava em vão, porque ela havia se ensurdecido e também chorava, calada.

— Mãe?

A água continuava a correr, unindo os dois como no dia do nascimento de Fernando, Fernando Santana, craque do futebol, mas futuro médico. Cecília, enregelada, tremia perante a reviravolta que o mundo lhe reservara, perante a constatação de que sua jornada íntima contra o fantasma da fome de tudo, contra o fantasma do querer e nunca poder, não envolvia o filho, por mais que quisesse, por mais que o visse como uma extensão de si, como um projeto de vida. Assim, desolada, Cecília, desvencilhando-se do cordão umbilical que a prendia ao filho, do que queria para ele, percebeu que lutava sozinha e que seu corpo estava cansado, entregue, derrotado.

Desistira.

No entanto, ao ver o choro de Fernando, ao notar que as lágrimas que eles choravam eram as mesmas, que o castanho dos olhos deles era o mesmo, que o descontrole era o mesmo e que a falta de reação era a mesma, Cecília se levantou, leoa, para cuidar de seu filhote.

Estava pronta para deixar sua cria andar sozinha, mas nem tanto. Não por enquanto.

Resolveria o problema.

Olhou para o teto, para tudo que o dinheiro tinha comprado, e analisou, realista, o futuro que queria para o filho e a ideia do neto, que o impediria.

Decidiu-se.

— Essa menina não pode ter essa criança.

Sua língua era um chicote.

— Ela vai abortar. Você não pode ser pai.

Prendeu a respiração e disse o que precisava ser dito, sem certeza do que seria melhor para o futuro, mas convencida do que era necessário para o momento.

— Isso vai te destruir. Vai *nos* destruir... Ouviu, Fernando?

— Ouvi, mãe, ouvi.

— Acabe de tomar banho e se recomponha. — Cecília suspirou, exausta, se levantando e saindo do boxe. — Anda! — ordenou, sem olhar para trás.

Os dois choraram até o amanhecer: Cecília, por não conseguir se desvencilhar da culpa de não enxergar outra opção que não a de ceifar a escolha de Nádia, e Fernando, por se descobrir secretamente desejando o mesmo que a mãe.

11. culpa

— Essa ansiedade tá me matando — declarou Fernando, desanimado. — Não sei o que tá acontecendo com a Nádia. Não sei o que tá acontecendo com a minha vida. Um bebê, meu Deus. — Levantou-se e começou a andar de um lado para o outro. — O que eu vou fazer?

— Fernando, se acalma. — Miguel se levantou e fez com que ele voltasse a se sentar. — Pensa pelo lado positivo. A Nádia vai estar bem e o bebê também. Olha, minha tia costuma dizer que uma vida nova é meio que uma chuva no deserto. Um milagre.

— Um milagre bem caro, né, Miguel? — disse Helena em um tom leve. — Mas dinheiro não é problema pra sua família, né? — perguntou para Fernando.

Helena e Miguel encararam Fernando, esperando alguma resposta, mas se depararam com o silêncio de um coração confuso e o vazio de um olhar perdido.

— Fernando? — chamou Helena.

Ele suspirou e deixou a cabeça cair entre as mãos.

— Vocês acham que o que a gente quer com muita vontade pode acontecer de verdade? — perguntou ele com a voz tremendo, uma voz tristonha.

— Como assim? — questionou Helena.

Sim, Fernando. Nosso pensamento atrai coisas que a gente quer e coisas que a gente não quer. Mas nada tem mais poder do que eu, tá?

— Tipo, poder do pensamento? — Miguel esticou as pernas e se encostou na parede. Depois, procurou os olhos de Fernando, que continuavam perdidos no piso. — Como se a gente conseguisse atrair o que a gente quer? Um tipo de mentalização?

— É, sei lá — falou Fernando, fazendo que sim com a cabeça. — Mais ou menos isso.

— Bem, faço pensamento positivo todos os dias pra ganhar na Mega-Sena Mas, até agora, infelizmente, não rolou.

— Na minha opinião, depende — disse Helena. — Acho que, sei lá, se a gente fica muito preso às coisas ruins, acaba atraindo outras coisas ainda piores ou, de repente, é a gente que tá mal e acaba achando que tudo tá dando errado. — Ela buscou os olhos de Fernando. — Por que você tá perguntando isso?

Fernando encarou os dois. Dentro dele, bagunçando seu peito e pesando em sua consciência, a culpa que tentava subir por sua garganta aumentava a cada segundo. Até que explodiu.

— É que... — Fernando levou as mãos à cabeça, em um movimento desesperado. — Fiz algo horrível.

— Mas você *fez*, *fez* ou só pensou? — perguntou Miguel, observando Fernando, que tremia. — Porque são coisas muito diferentes, amore.

— São nada, Miguel. — Fernando ergueu o rosto e revelou todo o seu remorso, que descia, molhado, por suas bochechas. — Desejei uma coisa horrível, e ela aconteceu. Causa e efeito, muito simples: sou um lixo de pessoa.

— Nada disso — disse Helena, e esticou a mão e balançou o indicador como se estivesse falando com uma criança de dois anos de idade. — Fernando, todo mundo pensa e deseja coisas ruins. Às vezes a gente não controla esses pensamentos. Fazer é completamente diferente.

Ela se levantou e segurou de leve a mão trêmula dele.

— Somos seres humanos, somos falhos — continuou. — Não dá pra ser *good vibes* o tempo todo. O que a gente tem que fazer é não alimentar isso, sabe?

— Mas vocês não entendem a gravidade...

Fernando se soltou do toque dela e voltou a andar de um lado para o outro.

— A Nádia tá aqui por minha culpa.

— Como assim, Fernando? — Miguel se levantou um pouco e puxou Fernando pela mão para que voltasse a se sentar. — Se acalma, amore.

— Ontem à noite, minha mãe... — Fernando foi para um canto isolado e encostou as costas na parede fria. — Que merda. Minha mãe pediu pra eu convencer a Nádia a tirar o bebê.

Ele fungou e esticou a mão para pegar o lenço que Miguel oferecia prontamente.

— Mano, depois dessa conversa, fui pro meu quarto e chorei. Chorei a noite inteira e pensei que, se ela perdesse o bebê, eu não teria que ser escroto e pedir isso para ela.

Ele secou os olhos, assoou o nariz e continuou:

— O mais foda é que concordei com a minha mãe na hora. Achei que era melhor mesmo. Mas, mano, e se tiver sido culpa minha? E se a Nádia morrer porque eu tive esse desejo besta?

Helena e Miguel se aproximaram e encostaram na mesma parede onde ele estava.

— Escuta. Coisas ruins acontecem o tempo todo, amore — falou Miguel, baixinho, e colocou a mão sobre o ombro de Fernando. — E vão continuar acontecendo, quer a gente pense nelas ou não.

— Todo mundo erra, cara. Mesmo que em pensamento — complementou Helena, encostando a cabeça no ombro de

Fernando. — Não se culpe por isso. Pensa só: você nem sabe o que aconteceu. Pode ter sido só um susto, sei lá. Só para e respira fundo, tá bom?

Fernando, depois de um longo suspiro, esticou os braços e envolveu os dois, que encostaram as cabeças na dele e assim permaneceram, em silêncio.

Naquele instante, percebi que eles estavam quase chegando ao ponto que eu queria. Mas não achem que sou ruim. Afinal, não penso em termos de certo e errado. Eu, o Destino, faço o que tenho que fazer, sem qualquer senso de valor. Embora as pessoas façam um julgamento ruim de mim às vezes e realmente possa parecer que eu sou horrível, não os prendi no elevador para que sofressem. Na verdade, eles precisavam se encontrar e se descobrir humanos. Reconhecer seus erros e acertos uns nos outros, pois assim ficaria mais escancarado o que precisavam aprender para seguirem em frente. Ao menos era isso o que estava escrito no meu sistema como função do dia.

— Ah, Fernando, olha só — contou Miguel, saindo do lado deles e parando em frente, formando um triângulo invisível. — Não foi só você, não.

Ele baixou os olhos para o piso e foi sua vez de bater na parede com a mão.

— Também fui um merda — disse sério, e encarou Helena, depois Fernando. — E não me interrompam, porque preciso falar. — Suspirou e olhou para o teto. — Minha tia tá aqui por minha culpa.

— Mas, Miguel, como é que você fez sua tia ter um enfarte? — perguntou Helena lentamente, com paciência, e depois virou-se para Fernando. — E você? Se fosse tão simples abortar pela força do pensamento, não haveria tantas mulheres morrendo em clínicas clandestinas por aí. — Ela fechou os olhos, respirou fundo e voltou a olhar para os dois. — Como vocês mesmos me disseram, respirem fundo, está bem? A gente tá preso nesse elevador e tá começando a surtar.

— Não, Helena. Você não entendeu. Comigo, foi real, real mesmo — insistiu Miguel.

Ele abaixou a cabeça e deixou de encará-la. Pior do que admitir que César talvez não o amasse era reconhecer *como* as coisas tinham acontecido. Dizer em voz alta.

— Minha tia me viu saindo do carro do César. Ele é amigo dela há anos, me viu crescer. Eu sabia desde o início que iria dar merda. — Tentou conter as lágrimas, mas não conseguiu. — Só sei que ela praticamente achou que ele tinha abusado de mim, sabe? Começou a viajar e a pensar em um monte de besteiras! Só que não teve nada disso, é claro. Mas como que eu poderia julgá-la? A cabeça dela estava uma confusão.

Ele pegou um lenço na mochila e assoou o nariz.

— Sei que brigamos feio, e eu disse coisas horríveis para ela, só pra machucar. Coisas que eu não acredito de verdade. Só que... quando eu vi, o estrago já estava feito. Mas não quero perder minha tia.

Seu rosto estava coberto de culpa.

E dor.

E lágrimas.

Tudo misturado, na pele e na alma. Para Miguel, dizer aquelas palavras havia sido tão difícil que elas pareceram sair carregando parte de seu sangue e de suas vísceras.

— Eu também não quero perder a Nádia... — Sem pensar, Fernando, fortaleza e abrigo, puxou Miguel para um abraço. Não falou mais nada, porque não sabia o que dizer. Se sentia tão atolado no lodo da culpa quanto ele e, por isso, entendia sua tristeza e os monstros que se alimentavam dos seus medos.

Helena abraçou o próprio corpo. Permaneceu em silêncio, pois as palavras que precisava dizer não haviam sido inventadas ainda.

Helena era a testemunha da dor dos dois. Fernando e Miguel haviam sido sinceros, expostos suas feridas, dores e erros. E ela? O silêncio continuaria sendo seu melhor amigo?

Sentiu sua coragem escorrendo pelas mãos suadas, ao mesmo tempo em que se permitiu afundar, finalmente, em uma tristeza profunda e aguda, azul-escura, que abraçou seu coração e mudou a cor do seu sangue.

— Que merda. Merda, merda, merda.

Helena fechou os olhos, como se pudesse trancar tudo o que sentia dentro de si, mas, quando Fernando e Miguel a encararam, já era tarde demais.

— A porra da família perfeita que meus pais tanto lutavam para manter não existe. *Nunca* existiu. Ver meus pais morando juntos só pra manter a porra das aparências tá acabando comigo, com a minha cabeça. E a minha mãe? — Ela desceu com as costas na parede fria até chegar ao chão. — Minha mãe tá aqui por minha culpa. Minha culpa e de mais ninguém. Eu a encorajei a...

Calou-se, e seu olhar se perdeu no teto.

12. conselhos

Já passava das quatro, mas Magali não conseguia dormir. Nunca fora da noite; seus pensamentos se desenrolavam pela manhã, alimentados pela clareza dos dias de céu azul, mas algo se revirava em seu peito e invocava as memórias que ela havia guardado em sua caixa de Pandora pessoal — não por vergonha ou medo, mas para sobreviver.

Arrastou-se para a cozinha escura e serviu uma taça de vinho. Depois, se sentou na sala e ligou a TV, o som de fundo perfeito para a angústia que lhe arrancara da cama.

Como que conectada à mãe ainda pelo cordão umbilical, Helena enfrentava sua própria guerra. Não conseguia dormir, e seu olhar se arrastava para as amplas janelas do seu quarto, que dava para os concretos majestosos do condomínio onde residia.

Será que todas essas pessoas estão dormindo? Será que tem mais alguém acordado, olhando pelo vidro, se perguntando qual o sentido da vida? Será que há uma explicação lógica pra tudo o que acontece com a gente?, Helena se perguntava, enquanto encarava o breu e contava quantas vezes as câmeras de segurança piscavam. Sentia-se pequena porque, para ela, era como se todos vissem só a superfície e não a enxergassem de verdade.

Rendida, consciente de mais uma derrota, levantou-se da cama, desceu as escadas e se deparou com outra mulher solitária, mas que havia encontrado companhia em uma taça de vinho.

— Mãe? — anunciou sua chegada e se aproximou do sofá. — Sem sono também?

— Oi, querida — disse Magali, e abriu um sorriso desanimado. — O sono e eu não temos nos dado muito bem ultimamente.

— E o que você tá assistindo na TV?

— Nem tô prestando muita atenção, querida. — Magali observou a filha se aproximar. — É um programa desses de reforma.

— Hmm... — Helena apontou para a taça e sorriu para adoçar o pedido: — Posso tomar uma com você?

— Lógico, mas só uma. Aliás... — Magali tombou a cabeça para o lado e virou os olhos para a piscina. — Por que não vamos um pouco lá fora? Pegar um ar? Mas enche a minha também! — E entregou a taça vazia.

— Eu topo!

Helena foi até a cozinha e encheu as duas taças. Quando chegou ao quintal, a mãe estava com os pés na água. Decidiu fazer o mesmo.

— O que tá tirando seu sono? — perguntou Helena. — O pai tá no quarto?

— Ainda não chegou.

Magali tentou sorrir, mas não conseguiu. Tomou um bom gole de vinho e olhou para os pés, que mexia para um lado e para outro. Helena mordeu os lábios, arrependida. Sabia que o pai estava perdido entre as pernas da namorada.

— Como você tá?

— Que engraçado, filha. Não sei há quanto tempo ninguém me pergunta isso. — Magali descansou a mão sobre a de Helena e sorriu com tristeza. — Me preocupo tanto com meus pacientes, sabe, se estão bem, se não estão surtando, que nem percebo que acabo esquecendo de mim mesma... — Suspirou, como se tivesse muito a dizer, mas pouca disposição para falar. — De qualquer forma, tô seguindo, como sempre.

— Sem querer ser atrevida, mas somos mulheres e amigas. E o amor, mãe? — Helena cutucou Magali com o cotovelo e sorriu. As duas trocaram um olhar cúmplice e demorado. — Ninguém à vista?

Helena *sabia* que ela era o motivo pelo qual a mãe ainda vagava sob aquele teto. O amor entre os pais já se fora havia tempos e permanecia somente como uma vaga luz nos sorrisos envelhecidos estampados nos álbuns de fotografia esquecidos no fundo do guarda-roupa.

— Querida, acho que meu tempo passou. — Magali sorriu, e as rugas abaixo dos seus olhos se aprofundaram como as rachaduras de uma nascente seca.

— Sempre há tempo para o amor, mãe.

— Em livros, filmes, séries, novelas. Na ficção, o amor pode tudo. Todos os obstáculos são superados. Ah, o amor! *O amor vai nos salvar*. — Ergueu a taça, como em um brinde. — Pro caralho o amor! — Riu, sarcástica, jogando a cabeça para trás. Depois, olhou para Helena, séria. — Sempre me ferrei quando resolvi ouvir a droga do meu coração.

— Você ainda pensa naquele cara?

— Que cara, querida?

— Aquele com quem você traiu o papai...

Helena bebericou o vinho e não se espantou por receber o silêncio da mãe como resposta.

Nenhum deles gostava de relembrar aquela noite, Helena tinha certeza. Por mais que fosse muito nova para entender a profundidade do problema, conseguia identificar os tons de raiva que modulavam as conversas dos pais e medir a meticulosa tensão que parecia o tique-taque de uma bomba-relógio.

•

— Suas desculpas não valem de nada para mim — dissera José, saindo do banheiro da suíte.

— Mas não sei mais o que fazer. — Magali estava na cama, sentada, segurando a cabeça com as mãos. — Já te contei tudo. Já me afastei dele. Só resta você pedir o divórcio.

— É isso que você quer? — Ele se aproximara e encarara o rosto dela, quase colados. — Hein?

— Já disse que não...

— Mas é lógico que você não quer. — Ele se afastara e passara a caminhar de um lado para o outro. — Continuar comigo e com o seu paciente é mais prazeroso, né? Seu paciente, Magali. Você não tem ética nenhuma.

— Fala baixo, José! — pedira Magali. Levantara-se e andara na direção dele. — A Helena...

— Falo no tom que quiser! *Você* me traiu! — Ele fora até ela e a segurara pelo braço. Seu olhar transbordava ódio, revolta. — Não sei há quanto tempo você tem me chifrado com esse cara!

— Eu e o Ricardo não temos um caso.

— Nunca mais fala o nome do seu amante na minha frente. — Erguera um dedo acusatório e sua voz era pura ameaça, quente, firme, cortante, ofendido por estar perdendo sua propriedade. — Tá ouvindo? Senão eu nem sei o que eu faço, Magali.

Depois disso, Helena ouvira um grito, mas demorara para perceber que havia saído de sua própria garganta.

Só então perceberam que Helena estava acordada, e o silêncio caiu sobre a casa.

Algumas das memórias da infância se tornam borrões. Já outras cravam seus dentes na pele e deixam uma cicatriz feia, torta, que se evita olhar. Para Helena, aquela discussão era uma destas, pois lhe apresentou o monstro que sempre a abraçava nos seus momentos mais sombrios: a ansiedade. Foi o início da história das duas.

•

— Ah, o Ricardo. — Magali piscou algumas vezes, sentindo os olhos inundados por uma correnteza de sentimentos represados à força. Quando continuou, sua voz saiu trêmula, incerta: — Não nos falamos há anos. Ele se casou e achou melhor não termos contato. Nem como amigos, sabe? Pelo que sei, tá feliz. Seguiu em frente, mas *eu* fiquei pra trás.

Terminou o vinho e tentou sorrir.

— Como sempre, *eu* fiquei para trás.

Helena sabia que Magali havia permanecido por ela, para que os porta-retratos continuassem com fotos de comercial de margarina e para que dois pares de olhos comparecessem às festinhas da escola. Mas a troco de quê? Sua mãe havia esquecido de si, e seu pai mantinha uma amante fixa. Dormiam na mesma cama, mas nem se conheciam mais.

— Mas, mãe... — Helena tentou segurar a mão de Magali, mas ela se esquivou. O assunto sempre a deixava à beira de um precipício. — Você já tentou escrever pra ele?

— Ah, Helena, queria que as coisas fossem simples assim. *Escrever pra ele*. — Magali abriu um sorriso francamente desiludido. — A esperança, muitas vezes, é perigosa, porque alimenta sonhos com veneno. Se eu tivesse qualquer esperança, filha, estaria tentando reconstruir a minha vida. — Magali olhou para os pés dentro da água. — A gente aprende a sufocar nossos sentimentos pra sobreviver, sabe? A vida segue, e a gente se esquece de coisas como esperança, como felicidade.

— Eu... — começou Helena, não querendo pressionar sua mãe, mas ao mesmo tempo sentindo que algo devia ser dito. — Se eu fosse você, eu tentava. Às vezes ele está na mesma situação triste que você. Eu sinto que sempre há espaço para encontrar o amor. E reencontrar também.

Por alguns minutos Magali ficou calada, parecendo presa num momento de choque. Então se levantou lentamente, esforçando-se para equilibrar nos ombros o peso do mundo e desapareceu como um fantasma torturado e sem rumo. Por um segundo, Helena suspeitou que vira um rio cair dos olhos da mãe.

Sozinha, encarou a água e sentiu falta da natação, da vida antes de se sentir tão inadequada - dentro e fora de casa. O resto do vinho esquentou suas bochechas e ideias, então ela se levantou, apagou as luzes e foi para o quarto.

Antes de dormir, chegou à conclusão de que não queria herdar a poesia da mãe: não era feliz nem triste, mas fazia questão de não deixar sua esperança morrer.

Magali, por sua vez, continuou rolando na cama por mais algumas horas. Incomodada, levantou-se para beber mais uma ou duas taças e, embalada pelo abraço quente do vinho, resolveu levar o celular. O sol já despontava no horizonte. Namorou o contato de Ricardo por algum tempo e, envenenada pela esperança, resolveu arriscar. Escreveu.

Recebeu uma resposta quase imediata.

Seu coração bateu tão forte que a casa inteira tremeu. Dentro de Magali, terremotos, vulcões, tsunamis, meteoros. Cada célula de seu corpo gritava o nome dele e ela não conseguiu resistir.

Escreveu uma mensagem de celular para Helena para não acordá-la, contando brevemente seus planos e agradecendo pela coragem que a filha lhe tinha dado.

Pegou as chaves do carro e se entregou.

Perdeu-se por alguns minutos no céu claro, no canto dos pássaros, depois encostou a testa no volante e suspirou, agradecendo por sentir, por *finalmente* sentir alguma coisa dentro de si e, com o bom senso prejudicado, ligou o carro e engatou a primeira.

Queria ter asas para voar o mais rápido possível para os braços do homem que *ainda* amava, mesmo depois de tantos anos. Asas para encurtar a distância de quase duas horas que a separava do amor que nunca esqueceu.

Magali estava certa. A esperança era perigosa e, de fato, alimentava sonhos com veneno. No caso dela, vinho tinto.

Quando Helena acordou, sentindo a cabeça doendo pelas poucas horas de sono, encontrou a garrafa de vinho vazia e a mensagem de Magali. Sorriu. Sua mãe encontraria Ricardo. Encontraria o amor. Se sentiu parte de uma coisa boa na vida dela.

Mal sabia ela que, a vários quilômetros dali, em uma curva fechada, Magali ficou.

13. não foi por acaso

— Eu não fui sincera com vocês. A razão da minha mãe estar aqui é minha. Foi culpa minha. — Helena abraçou a si própria, no canto do elevador. Em sua cabeça, reviu o vulto da mãe se levantando da borda da piscina e subindo as escadas. — Eu incentivei ela a mandar uma mensagem para o cara que ela gostava. Sei lá por que toquei no assunto. Sei lá por que dei a ideia de escrever pra ele mesmo depois de anos.

— Mas não foi culpa tua — falou Miguel e foi se encostar no espaço ao lado dela. — Como poderia ser? Não se tortura por algo que...

— Mas, Miguel... — cortou Helena. — Eu fiz ela se lembrar do cara... Se ela não tivesse pensado nele, não teria mandado a mensagem e...

— Helena, escuta. — Fernando também se aproximou, do outro lado. — Como você podia impedir qualquer coisa? Sua mãe saiu de casa e você estava dormindo. Você é uma menina incrível, e não tem que carregar esse peso nas suas costas.

— Mas...

— Ai, gente, para. — Miguel sacudiu as mãos de um jeito histérico e começou a andar de um lado para o outro. — Chega! Chega de me culpar. Chega de tortura pra vocês dois também! Chega. A vida é uma merda.

Ele se encostou na parede e levou a mão aos cabelos. Encarou os dois e continuou:

— Olha, coisas ruins trouxeram nós três até aqui. Cada um com uma dor, uma culpa, um segredo. Várias situações mal resolvidas. Não somos especiais. — Suspirou e se agachou no chão. — Lá fora, as merdas continuam acontecendo com outras milhares de pessoas, porque a vida é isso. Coisas boas e coisas ruins o tempo todo. A gente se culpar não vai mudar nada nem desfazer tudo o que nos fez parar aqui. A vida vai continuar.

Miguel se levantou e se aproximou dos outros dois. Seus dedos encontraram os de Helena, que encontraram os de Fernando, que encontraram os de Miguel.

— A vida continua... — repetiu Helena.

— Os problemas estão lá fora acontecendo. — Miguel apertou os dedos encaixados entre os seus com força. — Mas a gente tá aqui.

— A gente tá aqui — sussurrou Fernando, e confirmou com a cabeça. — Vivos. Bem. E estamos tentando!

— Merdas vão continuar acontecendo — reforçou Miguel. — Algumas vão nos atropelar; outras, não. De repente, esse que é o sentido da vida. A gente tentar aprender com isso e seguir em frente...

— É isso. A gente tem é que seguir em frente — concordou Fernando, e abriu um sorriso. — Porque a gente erra, aprende, acerta, erra de novo e segue desse jeito. Não tem por que ficarmos olhando para trás e nos machucando com o que já foi. Temos que olhar pro futuro.

Se eu não fosse tão acostumado a atuar nesta área, juro que ficaria levemente emocionado. Mas o meu tempo estava acabando com esses três...

— Ai, gente. — Helena fungou, e secou o rosto com a manga do casaco antes que Miguel pudesse lhe oferecer um lenço. — Sinceramente, não sei como agradecer. Cara, é tudo tão difícil.

— A gente tá ferrado — disse Fernando, dando de ombros. — Mas tá ferrado junto. Na real, entrei nesse elevador sem rumo. Não sei o que tá acontecendo com a Nádia, se ainda vou ser pai. — Encarou os dois antes de abrir um sorriso de gratidão. — Mas queria que vocês soubessem que nossa conversa tá me fazendo sentir corajoso pra caralho pra peitar a vida e o que vier pela frente.

— Ai, gente... — Os olhos de Miguel ficaram marejados. — Não vou dizer que sou outra pessoa, mas me sinto um pouco mais seguro, sabe?

Olhou-se no espelho no fundo do elevador e continuou:

— É como se eu conseguisse encarar meu reflexo com mais carinho, com mais amor. — Bateu no próprio peito. — Mesmo que um pouquinho. Mas é uma luta diária, né? A gente tem que se olhar e saber que merece ser amado.

— É isso aí, mano! — Fernando bateu palmas.

— A época das relações falidas — comentou Miguel, coçando a cabeça e sorrindo sem graça. — Inclusive a minha.

— E a minha, então, mano? Nem sei se tenho um relacionamento com a Nádia ainda. — Fernando olhou para Miguel. — Pelo menos agora a gente assume que nossos relacionamentos não estão lá essas coisas.

— O amor é complicado — disse Helena, e tentou sorrir, mas o que saiu foi uma careta. — O relacionamento dos meus pais estava uma bosta. Minha mãe, quando resolveu se dar uma chance, bateu o carro. — Quase chorou novamente. — Eu, por causa dos outros, coloquei um ponto final no único caso de amor que tive, que foi com a natação. Mas chega. Eu vou tomar as rédeas da minha vida e não vou desistir dos meus sonhos por ninguém.

— Helena... É sério. — Miguel a encarou. — Vou te dizer uma coisa muito importante que aprendi na terapia. Eu também meio que sou assim, senão não estava com o César. —

Suspirou, sem graça por ter que admitir tão abertamente. — Você não se vê como alguém que merece amor, mas merece, sim. E você também tem que se permitir amar as coisas. Como tua natação. E aceitar as coisas. Como teu corpo.

— Você é incrível — falou Fernando, um pouco baixo demais. — Você não pode deixar que a opinião de pessoas babacas te faça desistir do que você ama. Nós somos feitos das coisas que mais amamos também. É parte da gente.

— Ai, que inferno. Vocês vão fazer eu me emocionar! — reclamou Helena, e olhou para os tênis, sem saber direito como continuar. — Sei que tenho que melhorar, que não posso me achar tão pouco, tão inadequada, mas é como se uma porra de uma voz ficasse martelando na minha cabeça que sou insuficiente, sabe? Mas sei que sou boa em um monte de coisas. Quero me descobrir mais. Cacete! Não posso me culpar pelas coisas que fogem do meu controle... E essa voz? Ela vai embora da minha cabeça. Minha ansiedade não me define. Ela não vai mais ser parte de mim.

Embalados pelo momento, os três se abraçaram. Se você visse de cima, da mesma posição privilegiada em que eu estava, não saberia dizer onde começava o braço de um e terminava as lágrimas do outro.

Era o fim daquela pequena jornada.

•

O chão do elevador tremeu e um ruído ecoou nas paredes. Antes que pudessem dizer qualquer coisa, as portas se abriram e revelaram dois funcionários da empresa de manutenção.

Fim do castigo, crianças!

— Que susto, hein, garotada? — disse um deles, rindo, dentro de um uniforme azul-marinho.

— Caralho! — Fernando suspirou, com a mão no coração. — A liberdade chegou.

— Essa luz forte, meu Deus! Parece que até desacostumei com a vida fora do elevador — disse Helena. Ela revirou os olhos e os três riram, aliviados.

Helena, Miguel e Fernando foram içados para fora do elevador, que havia parado entre dois andares. Foram recebidos por um médico, que os examinou rapidamente.

Depois de liberados, os três se encararam, sem saber o que dizer ou como se despedir. Tinham a urgência de correr para ver Nádia, Lourdes e Magali, mas ainda sentiam a atração magnética da familiaridade mágica que havia surgido dentro daquelas quatro paredes de metal.

— Acho que é isso... — Miguel enfiou as mãos nos bolsos. — É aqui que a gente se separa, né?

— Então... — disse Helena, mordendo os lábios, querendo segurar o adeus ali dentro.

Até que Fernando teve uma ideia.

— Venham aqui... — chamou, fazendo sinal para que o seguissem.

Dobrou o corredor e chegou numa pequena recepção com duas secretárias.

— Oi, Daniele! — cumprimentou. — Nós estávamos presos no elevador.

— Ah, eram vocês?

Uma delas desviou os olhos do monitor e sorriu. Pelo visto, a história tinha se espalhado.

— Você sempre metido em confusões, né, Fernando! — Solange, a outra secretária, abafou a risada. Fernando conhecia praticamente todos os funcionários dali, por conta dos pais. — Aí se tua mãe te pega...

— Sim! Digamos que eu gosto de viver perigosamente. — Ele virou o rosto para trás e piscou para Helena e Miguel.

— O que acontece, meninas... A gente queria notícias dos nossos parentes que estão internados... Você consegue ver o último boletim?

— Ah, claro. Me passem os nomes completos.

Fernando fez um gesto com a cabeça, e Miguel e Helena passaram à sua frente. Ele se encostou na parede e encarou a tela do celular. Havia recebido uma mensagem com notícias de Nádia, que estava fora de perigo. Conseguiu responder, dizendo que logo estaria com ela.

— Caralho! Que felicidade! — comemorou Miguel, dando um pulo, depois olhou assustado para os lados. — Gente, desculpa. — Ele caminhou até Fernando com um sorriso aberto no rosto. — Minha tia tá melhor, graças a Deus. Ela está acordada, mano! E reagindo bem.

— Ah! Que notícia boa! — Fernando apertou o ombro dele, compartilhando da mesma eletricidade que só notícias boas conseguem causar. — E a sua mãe? — perguntou a Helena, que se aproximava.

— Minha mãe está estável e sem nenhuma contusão interna. — Ela suspirou como se tivesse passado muito tempo prendendo o ar. — Está fora de perigo, que é o mais importante.

— Isso é ótimo! — disse Miguel.

Ele contornou o ombro dela com o braço.

— Que alívio! Também tô mais tranquilo, porque a Nádia me mandou mensagem — contou Fernando, e então sentiu o celular vibrar de novo no bolso da calça. — Outra mensagem... Acho que é ela. Deixa eu ler.

— Lê em voz alta que a gente é curioso — pediu Miguel, se contorcendo de ansiedade, enquanto Fernando abria o aplicativo de mensagens.

— E aí? — perguntou Helena, depois de um tempo.

— Então... Não estou entendendo nada... — Fernando fez uma careta. — Mas a Nádia me disse que a minha mãe estava lá com ela e ajudou nos exames... — Encarou os outros dois. — Disse que ela foi incrível. Que ela se desculpou, e a Nádia nem sabe o porquê, mas que... convidou ela para ir jantar lá em casa, para se conhecerem. Tipo? — Riu, incrédulo. — Quanto tempo se passou desde que a gente entrou no elevador? Um ano?

Miguel bateu palmas, animado.

— Que emoção! Isso é muito legal! — Deu um tapinha no ombro de Fernando. — Pelo visto sua mãe não está mais tão irritada assim, amore!

— Mostra que ela se permitiu conhecer a Nádia e mudou de ideia — comentou Helena, sorrindo, empurrando Fernando bem de leve com o ombro.

— É. — Fernando sorria, mal acreditando no que estava acontecendo.

— Ai, amores! Que dia! — Miguel encostou na parede e sorriu, puxando assunto para prolongar um pouquinho mais aqueles últimos minutos com Helena e Fernando. — Feliz que está tudo caminhando bem. A gente merece, né? Depois de passarmos aquele tempão presos num elevador. Parece até coisa de filme, de livro de terror, sei lá.

Encarou os outros dois com olhos arregalados.

— Ainda bem que ninguém desceu do teto do elevador com uma serra elétrica.

— Ai, Miguel, mas que ideia! — Helena riu e pegou o celular. Enviou uma mensagem rápida para o pai dizendo que estava subindo, e continuou: — Pensei que suas *fanfics* eram só românticas. Você não falou nada sobre essas doideiras macabras, não.

— Aliás! — disse Fernando, com um estalo de dedo. — Por que você não escreve?

— Escrever o quê, homem? — Miguel empurrou de leve o ombro de Fernando. — Uma história macabra de gente presa no elevador?

— Não, mano. — Fernando cutucou o ombro de Miguel. — Quer dizer, se você quiser, escreve, claro, mas estava falando *da gente*. Por que não fala dessa doideira que a gente viveu?

— Gente, silêncio! Pelo amor de Deus! — interrompeu a recepcionista, e olhou para os três com uma cara feia, censurando o barulho.

Os três se entreolharam, e Fernando fez sinal com a cabeça indicando um corredor lateral que dava numa porta de vidro. Miguel e Helena assentiram e seguiram Fernando, que conhecia cada canto daquele hospital.

Atravessaram as portas automáticas e deram numa pequena sacada contornada por um parapeito de vidro. O calor do sol de fim da tarde e a brisa fria do vento tocaram seus rostos ao mesmo tempo.

Olha, não sou sentimental... Mas era uma cena bonita de se observar.

— Que vista incrível... — comentou Miguel.

Ele estendeu os braços e respirou fundo.

— É — concordou Fernando. — Conheço cada canto secreto desse lugar. Passei muito tempo aqui, por causa dos meus pais. Mas, mano, não foge da conversa. — Fernando cutucou Miguel de leve no peito. — Vamos voltar à sua história... Nossa, no caso.

— Olha, Miguel, se você for escrever sobre o que a gente viveu, por favor, nos coloque como uns personagens bem complexos, profundos e torturados — disse Helena. — Quero que a Helena da tua história tenha uma pegada meio Clarice Lispector, com umas falas marcantes. — Ela bateu palmas animada e encarou Miguel. — Pronto, tá decidido. Vai escrever, sim.

— Ai, Helena... — Miguel riu. — Pode deixar. Vou deixar vocês com conflitos muito nobres e um arco de personagem digno de prêmio literário. Já que vou ter que escrever, né...

— O importante é: qual vai ser o título, Miguel? — perguntou Helena.

— Sei lá, dizem que o título normalmente encontra o autor. Não adianta ficar perder tempo pensando, ele vai vir até mim.

— Ai, vocês artistas... Coloca logo "Tá todo mundo fodido". É a nossa cara, vai vender muito! — disse Fernando, colocando as mãos para frente, e as afastando uma da outra como se estivesse lendo um letreiro.

— Por que não algo mais leve, mais bonito? — Helena suspirou, sorrindo e colocando as mãos sobre o peito. — Que tal "Tá todo mundo com o coração partido"?

— Nada. "Tá todo mundo com o coração... *fodido*" — sugeriu Fernando, com o punho fechado. — "Fodido" deixa mais forte, mais intenso.

— Não viaja, amore, títulos com palavrão já saíram de moda — disse Miguel, que olhou para Fernando e discordou com a cabeça. Depois, olhou para Helena, e fez uma careta. — Coração partido, Helena? Sinceramente? Meu deus, que brega. Esperava mais de você.

— Concordo. Ela se superou na breguice.

— Cala a boca, ô! — Ela apontou para Fernando, bufou e cruzou os braços. — E você, que usa blusa polo?

— Mano? Até você? — Fernando olhou para baixo e puxou a barra da blusa. — Qual o problema de vocês com camisa polo? Desde quando é proibido?

— Se não for para uma ocasião específica, blusa polo é brega demais! — Miguel mostrou a língua e os três riram. — Olha, se me conheço, vamos ficar aqui perdendo tempo escolhendo o título e ele vai aparecer no último segundo. Por ora, fico feliz de termos nos encontrado por acaso nessa situação bizarra que me deu ideia pra esse *plot*. — Abriu um sorriso meio triste. — Estávamos os três isolados, cada um preso no próprio confinamento de culpas e medos, e por acaso acabamos tendo essa chance de desabafar.

— Não foi por acaso, Miguel. Certeza que foi o destino que colocou a gente preso aqui nos forçando a conversar e dividir um pouco os nossos problemas — disse, Helena, com um riso irônico no canto do rosto. Ela não acreditava de verdade no que tinha acabado de dizer, coitada.

— "Não foi por acaso", tá aí, talvez meu livro tenha um título... Eu não disse que ele ia aparecer? — Miguel sorriu.

Todos se olharam com respeito e carinho mútuo, tanto pelas batalhas que estavam enfrentando e que tinham compartilhado uns com os outros quanto pela cumplicidade que desenvolveram enquanto estavam presos.

Helena, Miguel e Fernando sentiram a mesma brisa fria que os perseguira quando chegaram ao hospital. Um estranho calafrio os percorreu. Eles se entreolharam de um jeito triste, antecipando a despedida.

Era como se uma mão invisível - a minha -, tivesse se apoiado em suas costas e dado um leve empurrão para indicar que estava na hora de ir.

No prédio em frente ao hospital, um casal de adultos dançava *Don't You (Forget About Me)* do Simple Minds na maior altura, na sacada do apartamento. Nas escadas laterais da entrada, lá embaixo, duas meninas davam o que parecia ser um primeiro beijo. Carros passavam, sinais vermelhos, verdes, amarelos, carros paravam. Pessoas caminhando. Gente sorrindo. Gente chorando. Era o fluxo da vida acontecendo. Era a vida seguindo.

Miguel observou os dois e adivinhou, pela cara de Helena, o que se passava na cabeça dela, e identificou o mesmo nos olhos de Fernando.

— Então... Estou ansioso para ver a minha tia, então acho que já vou indo. Mas, antes, quero dizer algo para vocês dois. De todo coração. — Ele apoiou as costas no parapeito, ficando de frente para os outros dois. — Vocês já tiveram a sensação de que apenas um momento mudou todo o curso da sua vida? Tipo, se eu não tivesse perdido meu ônibus, ou simplesmente se minha colega de trabalho não tivesse atrasado, a minha vida seria completamente diferente do que é agora.

— Eu nunca tinha sentido isso... — disse Helena, encolhendo os ombros. — Até hoje, na verdade. Mas acho que, de alguma forma, a gente precisava ter se encontrado mesmo. Vocês me fizeram perceber o quão idiota estava sendo por abrir mão de algo que eu amo tanto. — Levou a mão ao peito. — Eu certamente saio daqui totalmente mudada por vocês. E, se eu não tivesse ficado presa, eu teria ido ver a minha mãe com as mesmas ideias de antes.

— Eu também — concordou Fernando, colocando as mãos nos bolsos, um pouco tímido. — Eu falei coisas nessa uma hora que eu nunca tinha dito pra ninguém. Me reconhecer, perceber a minha coragem, quem eu sou, e ter forças para lutar pelo o que eu acredito, vai ser algo que eu nunca mais vou esquecer. — Abriu um sorriso. — Eu amo a Nádia. Eu amo fotografia. Eu amo minha mãe também. Mas parece que eu ganhei a confiança para simplesmente ser quem eu sou, sem todo aquele peso, saca?

— Isso é ótimo! — Miguel bateu com uma mão no ombro dele e repousou a outra no ombro de Helena. — Vocês me fizeram ver que eu estava me enganando. Um relacionamento que começa com mentiras não é bem o que eu quero para mim. Eu quero mais que isso. Eu quero um amor real, quero ser amado às claras, nos holofotes, e não às escondidas.

— É isso o que você merece! — Helena sorriu para Miguel.

— É o que todos nós merecemos! — reforçou Fernando.

— Ai! Que droga! Eu sei que tá na hora, mas eu não quero me despedir de vocês! — Miguel sorriu e abraçou os dois mais uma vez. Depois, se afastou e pegou o celular. — Vamos trocar contato, amores? O que acham?

— Lógico. — Helena se animou.

— Anota aí. Mas, antes, venham cá...

Fernando puxou os dois com um braço e bateu uma selfie no seu celular. Uma foto para marcar aquele momento inesquecível.

Depois, com as contas das redes sociais encontradas e os números de celular adicionados, sorriram uns para os outros, trocaram um último abraço e seguiram seus rumos.

Como o próprio Miguel havia imaginado, no dia seguinte, conversariam sobre a ironia, puf, do Destino, e diriam que aquela tarde tinha sido inesquecível. Depois, voltariam às suas bolhas: vestibular, trabalho, compromissos, namoros, filho, vida corrida, sabe como é, né? A vida seguiria seu curso natural.

Antes que você me pergunte: não sei, sinceramente, se eles vão se encontrar novamente! Eu teria que ler um pouco mais sobre o futuro de cada um, mas aí me pergunto: por que eu faria isso? Só para saciar a sua curiosidade? Tenho mais o que fazer, baby.

O que posso dizer é que, sim, deu muito trabalho para juntar esses três. As vidas deles sempre estiveram ligadas por um fio invisível, como a de todos os humanos. E por que eles três?

Eu até poderia bolar uma resposta extremamente convincente, cheia de altos e baixos e reviravoltas mirabolantes à la novela das nove? Poderia, sim.

Poderia dizer que Miguel precisava do olhar cirúrgico de Fernando quanto a relacionamentos, que Fernando precisava conhecer a empatia de Helena, um de seus traços mais poderosos e que Helena precisava beber da coragem que sempre permeou os passos de Miguel? Poderia. Mas seria só para satisfazer sua curiosidade, leitor. Nem Miguel nem Helena nem Fernando são especiais. Eles são como as outras bilhões de vidas que habitam este planeta e que, vira e mexe, se veem perdidas em seus próprios problemas, resultados das ações que tomaram por livre e espontânea vontade.

Desculpa desapontar. A história deles é corriqueira. Acontece com todo mundo o tempo todo, inclusive com você, dadas as diferentes ocasiões e circunstâncias. Sua vida é ligada de maneiras inimagináveis, direta e indiretamente, à de outras milhares de pessoas.

Você pode até não perceber, mas sou eu fazendo tudo dar certo. E tudo o que importa é que mais uma vez minha função foi cumprida. Eu consegui.

Por fim, eu não vou contar se a Helena voltou à natação e se seus pais finalmente se separaram, dispostos a reconstruírem suas vidas tendo mais respeito com eles mesmos. Nem tampouco vou revelar se a mãe de Fernando, num momento único, se emocionou ao ouvir os batimentos do coração do neto e refletiu sobre os rumos que estava traçando para a vida do próprio filho... Menos ainda vou dizer se Miguel se formou numa boa faculdade, se tornou escritor e conseguiu dar uma vida melhor à tia Lourdes.

Não vou contar nada disso porque a história deles já acabou, e agora o meu assunto é com você. Você mesmo! Nem adianta fechar o livro ou olhar para os lados...

Tem algum assunto pendente?

Não?

Tem certeza?

Quer mentir para mentiroso?

Eu sei que você tem... Não só um, mas vários.

Já sentiu uma brisa fria em um dia de calor e achou que tinha alguma coisa estranha?

Já sentiu como se alguém estivesse te observando?

Cuidado, hein! Se você não aproveitar as chances que eu te dou para resolver as coisas, posso muito bem te deixar preso em um elevador qualquer.

Para de fazer essa cara!

Eu sou o Destino. Eu nunca me repetiria. Respeita a minha história!

Ai, humanos... Vocês são estranhos, mas confesso que lá no fundo vocês me divertem. E a nossa jornada está apenas começando.

Agradecimentos

Sem as mãos e dedicação de muitas pessoas especiais, este livro não chegaria até você.

Antes de tudo, obrigado, Alessandra. Você me ouviu, contribuiu e me ajudou a achar a voz do Destino e a encontrar os personagens certos para este livro. Obrigado, Caique, por ter escutado cada nova ideia e por ter lido as dezenas de versões que esta história ganhou.

Obrigado, pais, irmãos, tios e tias, avôs e avós, primos e amigos, que sempre acreditaram em mim e elevaram a minha autoestima.

Obrigado, amigos de escrita (principalmente os "pur") — ter encontrado vocês faz com que eu não me sinta mais sozinho nessa jornada literária. Obrigado a cada página de apoio e divulgação nas redes sociais que faz com que meu trabalho chegue a mais pessoas.

Obrigado, minhas agentes, pela paciência, pelo apoio e por apostarem em mim. Obrigado a toda equipe da Editora Nacional por acreditarem no potencial desse livro e por me ajudarem a fazê-lo chegar ao mundo na sua melhor forma.

Luiza, obrigado pelo sim, pelos riscos que você assumiu comigo, por ser tão humana e acreditar que juntos podemos crescer sempre pra melhor. E Michelle, você tem sido tão incrível e acolhedora a cada ideia maluca, a cada crise de medo e a cada momentos juntos. Você vai ser pra sempre minha espiã favorita!

E, por fim, mas não menos importante, obrigado a cada leitor que me lê, me indica, dá meus livros de presente pros amigos e me ajuda a chegar mais longe. Essa jornada só é incrível porque tenho muita gente maravilhosa junto comigo.

AAAAAHHHH! E, antes que eu me esqueça, obrigado, Destino. Você é um ser incrível, e ter contado essa história, através dos seus olhos, foi um presente.

Este livro foi publicado em setembro de 2021 pela Editora Nacional.
Impressão e acabamento pela Gráfica Exklusiva.